名人与生活文丛

王干 主编

领悟人生
文化名家谈哲理

郁达夫等／著

陈武／选编

广陵书社

图书在版编目（ＣＩＰ）数据

　　领悟人生 : 文化名家谈哲理 / 郁达夫等著 ; 陈武
选编. -- 扬州 : 广陵书社, 2018.1
　　（名人与生活文丛 / 陈武主编）
　　ISBN 978-7-5554-0979-3

　　Ⅰ. ①领… Ⅱ. ①郁… ②陈… Ⅲ. ①散文集－中国
－现代 Ⅳ. ①I266

　　中国版本图书馆CIP数据核字(2018)第032057号

书　　　名　领悟人生：文化名家谈哲理
著　　　者　郁达夫等著　陈武选编
责任编辑　邱数文
出 版 人　曾学文

出版发行　广陵书社
　　　　　　扬州市维扬路 349 號　　　邮编：225009
　　　　　　http://www.yzglpub.com　　E-mail:yzglss@163.com
印　　　刷　三河市华东印刷有限公司

开　　　本　880 毫米×1230 毫米　1/32
印　　　张　6.5
字　　　数　140 千字
版　　　次　2018 年 5 月第 1 版第 1 次印刷
标准书号　ISBN 978-7-5554-0979-3
定　　　价　39.80 元

前　言

　　人生最美，就是一路行走；一路拾捡前人散落在草丛里的思想瑰宝，观一颗从暗夜里醒来的露珠，赏一株在悬崖边绽放的花朵，装一襟从时光隧道里吹来的轻风，然后染一身智慧的芬芳。

　　世间所有的美好都是良医。人间清欢，花草树木，诗书乐茶，每一页琐碎的日子里都藏着细微的美，每一处细微的美里都藏着温柔的智慧。那些暖意，如花盛开，抚慰着我们被世事打磨沧桑冷硬的心灵。

　　哲理，是感悟的参透，思想的火花，理念的凝聚，睿智的结晶。它纵贯古今，横亘中外，包容大千世界，穿透人生社会，寄寓于人生百态家长里短，闪现出思维领域的万千景观。人生在世，为了追求自身的幸福，实现人生的目的，在千里迢迢的生活之旅上，会遭遇各种各样的事情，认识形形色色的人物，在这些人和事的碰撞中，会有瞬间智慧的闪光，这些闪光往往就是哲理的体现。

散文素有美文之称，优秀的散文不仅在语言表达上清新隽永、生动活泼，在精神层面上也见解独到、意境深远。在人心浮躁、低俗文化横行的今天，散文无疑可以涤荡人的心灵，填补空虚，抚慰焦虑。

本书精选鲁迅、周作人、老舍、戴望舒、朱自清、郁达夫、梁遇春等现代文化大家的哲理作品。这些散文或感怀友人、或描写山水、或谈古论今、或穷究科学，展示出了原作者的斐然文采、细腻情愫、深邃思想、清新立意，同时给当代人以精神上的享受和艺术上的熏陶。

目录

生命的路

想到人类的灭亡是一件大寂寞大悲哀的事，然而若干人们的灭亡，却并非寂寞悲哀的事。

生命的路是进步的，总是沿着无限的精神三角形的斜面向上走，什么都阻止他不得。

自然赋予人们的不调和还很多，人们自己萎缩堕落退步的也还很多，然而生命决不因此回头。无论什么黑暗来防范思潮，什么悲惨来袭击社会，什么罪恶来亵渎人道，人类的渴仰完全的潜力，总是踏了这些铁蒺藜向前进。

生命不怕死，在死的面前笑着跳着，跨过了灭亡的人们向前进。

什么是路？就是从没路的地方践踏出来的，从只有荆棘的地方开辟出来的。

以前早有路了，以后也该永远有路。

人类总不会寂寞，因为生命是进步的，是乐天的。

昨天，我对我的朋友 L 说，"一个人死了，在死者自身和他的眷属是悲惨的事，但在一村一镇的人看起来不算什么，就是一省一国一种……"

L 很不高兴，说，"这是 Nature（自然）的话，不是人们的话。你应该小心些。"

我想，他的话也不错。

雪

□ 鲁　迅

　　暖国的雨，向来没有变过冰冷的坚硬的灿烂的雪花。博识的人们觉得他单调，他自己也以为不幸否耶？江南的雪，可是滋润美艳之至了；那是还在隐约着的青春的消息，是极壮健的处子的皮肤。雪野中有血红的宝珠山茶，白中隐青的单瓣梅花，深黄的磬口的蜡梅花；雪下面还有冷绿的杂草。胡蝶确乎没有；蜜蜂是否来采山茶花和梅花的蜜，我可记不真切了。但我的眼前仿佛看见冬花开在雪野中，有许多蜜蜂们忙碌地飞着，也听得他们嗡嗡地闹着。

　　孩子们呵着冻得通红，象紫芽姜一般的小手，七八个一齐来塑雪罗汉。因为不成功，谁的父亲也来帮忙了。罗汉就塑得比孩子们高得多，虽然不过是上小下大的一堆，终于分不清是壶卢还是罗汉；然而很洁白，很明艳，以自身的滋润相粘结，整个地闪闪地生光。孩子们用龙眼核给他做眼珠，又从谁的母亲的脂粉奁中偷得胭脂来涂在嘴唇上。这回确是一个大阿罗汉了。他也就目光灼灼地嘴唇通红地坐在雪地里。

第二天还有几个孩子来访问他；对了他拍手，点头，嘻笑。但他终于独自坐着了。晴天又来消释他的皮肤，寒夜又使他结一层冰，化作不透明的水晶模样；连续的晴天又使他成为不知道算什么，而嘴上的胭脂也褪尽了。

但是，朔方的雪花在纷飞之后，却永远如粉，如沙，他们决不粘连，撒在屋上，地上，枯草上，就是这样。屋上的雪是早已就有消化了的，因为屋里居人的火的温热。别的，在晴天之下，旋风忽来，便蓬勃地奋飞，在日光中灿灿地生光，如包藏火焰的大雾，旋转而且升腾，弥漫太空，使太空旋转而且升腾地闪烁。

在无边的旷野上，在凛冽的天宇下，闪闪地旋转升腾着的是雨的精魂……

是的，那是孤独的雪，是死掉的雨，是雨的精魂。

一九二五年一月十八日。

论雷峰塔的倒掉

□ 鲁　迅

听说，杭州西湖上的雷峰塔倒掉了，听说而已，我没有亲见。但我却见过未倒的雷峰塔，破破烂烂的映掩于湖光山色之间，落山的太阳照着这些四近的地方，就是"雷峰夕照"，西湖十景之一。"雷峰夕照"的真景我也见过，并不见佳，我以为。

然而一切西湖胜迹的名目之中，我知道得最早的却是这雷峰塔。我的祖母曾经常常对我说，白蛇娘娘就被压在这塔底下。有个叫作许仙的人救了两条蛇，一青一白，后来白蛇便化作女人来报恩，嫁给许仙了；青蛇化作丫鬟，也跟着。一个和尚，法海禅师，得道的禅师，看见许仙脸上有妖气，——凡讨妖怪做老婆的人，脸上就有妖气的，但只有非凡的人才看得出，——便将他藏在金山寺的法座后，白蛇娘娘来寻夫，于是就"水满金山"。我的祖母讲起来还要有趣得多，大约是出于一部弹词叫作《义妖传》里的，但我没有看过这部书，所以也不知道"许仙""法海"究竟是否这样写。总而言之，白蛇娘娘终于中了法海的计策，被装在一个小小的钵盂里了。钵盂埋在地里，上面还造起一座镇压的塔来，这就是雷峰塔。此后似乎事情还很多，如"白状元祭塔"之类，但我现在都忘记了。

那时我惟一的希望，就在这雷峰塔的倒掉。后来我长大了，到杭州，看见这破破烂烂的塔，心里就不舒服。后来我看看书，说杭州人又叫这塔作保叔塔，其实应该写作"保俶塔"，是钱王的儿子造的。那么，里面当然没有白蛇娘娘了，然而我心里仍然不舒服，仍然希望他倒掉。

现在，他居然倒掉了，则普天之下的人民，其欣喜为何如？

这是有事实可证的。试到吴越的山间海滨，探听民意去。凡有田夫野老，蚕妇村氓，除了几个脑髓里有点贵恙的之外，可有谁不为白娘娘抱不平，不怪法海太多事的？

和尚本应该只管自己念经。白蛇自迷许仙，许仙自娶妖怪，和别人有什么相干呢？他偏要放下经卷，横来招是搬非，大约是怀着嫉妒罢，——那简直是一定的。

听说，后来玉皇大帝也就怪法海多事，以至荼毒生灵，想要拿办他了。他逃来逃去，终于逃在蟹壳里避祸，不敢再出来，到现在还如此。我对于玉皇大帝所做的事，腹诽的非常多，独于这一件却很满意，因为"水满金山"一案，的确应该由法海负责；他实在办得很不错的。只可惜我那时没有打听这话的出处，或者不在《义妖传》中，却是民间的传说罢。

秋高稻熟时节，吴越间所多的是螃蟹，煮到通红之后，无论取那一只，揭开背壳来，里面就有黄，有膏；倘是雌的，就有石榴子一般鲜红的子。先将这些吃完，即一定露出一个圆锥形的薄膜，再用小刀小心地沿着锥底切下，取出，翻转，使里面向外，只要不破，便变成一个罗汉模样的东西，有头脸，身子，是坐着的，我们那里的小孩子都称他"蟹和尚"，就是躲在里面避难的法海。

当初，白蛇娘娘压在塔底下，法海禅师躲在蟹壳里。现在却只有这位老禅师独自静坐了，非到螃蟹断种的那一天为止出不来。莫非他造塔的时候，竟没有想到塔是终究要倒的么？

活该。

一九二四年十月二十八日。

夏三虫

□ 鲁　迅

夏天近了，将有三虫：蚤，蚊，蝇。

假如有谁提出一个问题，问我三者之中，最爱什么，而且非爱一个不可，又不准象"青年必读书"那样的缴白卷的。我便只得回答道：跳蚤。

跳蚤的来吮血，虽然可恶，而一声不响地就是一口，何等直截爽快。蚊子便不然了，一针叮进皮肤，自然还可以算得有点彻底的，但当未叮之前，要哼哼地发一篇大议论，却使人觉得讨厌。如果所哼的是在说明人血应该给它充饥的理由，那可更其讨厌了，幸而我不懂。

野雀野鹿，一落在人手中，总时时刻刻想要逃走。其实，在山林间，上有鹰鹯，下有虎狼，何尝比在人手里安全。为什么当初不逃到人类中来，现在却要逃到鹰鹯虎狼间去？或者，鹰鹯虎狼之于它们，正如跳蚤之于我们罢。肚子饿了，抓着就是一口，决不谈道理，弄玄虚。被吃者也无须在被吃之前，先承认自己之理应被吃，心悦诚服，誓死不二。人类，可是也颇擅长于哼哼的了，害中取小，它们的避之惟恐不速，正是绝顶聪明。

苍蝇嗡嗡地闹了大半天，停下来也不过舐一点油汗，倘有伤痕或疮疖，自然更占一些便宜；无论怎么好的，美的，干净的东西，又总喜欢一律拉上一点蝇矢。但因为只舐一点油汗，只添一点腌臜，在麻木的人们还没有切肤之痛，所以也就将它放过了。中国人还不很知道它能够传播病菌，捕蝇运动大概不见得兴盛。它们的运命是长久的；还要更繁殖。

但它在好的，美的，干净的东西上拉了蝇矢之后，似乎还不至于欣欣然反过来嘲笑这东西的不洁：总要算还有一点道德的。

古今君子，每以禽兽斥人，殊不知便是昆虫，值得师法的地方也多着哪。

四月四日。

路

　　　　　　　　　　　　　　　　□ 鲁　迅

　　又记起了 Gogol 做的《巡按使》的故事：——

　　中国也译出过的。一个乡间忽然纷传皇帝使者要来私访了，官员们都很恐怖，在客栈里寻到一个疑似的人，便硬拉来奉承了一通。等到奉承十足之后，那人跑了，而听说使者真到了，全台演了一个哑口无言剧收场。

　　上海的文界今年是恭迎无产阶级文学使者，沸沸扬扬，说是要来了。问问黄包车夫，车夫说并未派遣。这车夫的本阶级意识形态不行，早被别阶级弄歪曲了罢。另外有人把握着，但不一定是工人。于是只好在大屋子里寻，在客店里寻，在洋人家里寻，在书铺子里寻，在咖啡馆里寻……。

文艺家的眼光要超时代，所以到否虽不可知，也须先行拥篲清道，或者伛偻奉迎。于是做人便难起来，口头不说"无产"便是"非革命"，还好；"非革命"即是"反革命"，可就险了。这真要没有出路。

现在的人间也还是"大王好见，小鬼难当"的处所。出路是有的。何以无呢？只因多鬼祟，他们将一切路都要糟蹋了。这些都不要，才是出路。自己坦坦白白，声明了因为没法子，只好暂在炮屁股上挂一挂招牌，倒也是出路的萌芽。

"地火在地下运行，奔突；熔岩一旦喷出，将烧尽一切野草，以及乔木，于是并且无可朽腐。"

"但我坦然，欣然。我将大笑，我将歌唱。"（《野草》序）

还只说说，而革命文学家似乎不敢看见了，如果因此觉得没有了出路，那可实在是很可怜，令我也有些不忍再动笔了。

四月十日。

夜　颂

□　鲁　迅

　　爱夜的人，也不但是孤独者，有闲者，不能战斗者，怕光明者。

　　人的言行，在白天和在深夜，在日下和在灯前，常常显得两样。夜是造化所织的幽玄的天衣，普覆一切人，使他们温暖，安心，不知不觉的自己渐渐脱去人造的面具和衣裳，赤条条地裹在这无边际的黑絮似的大块里。

　　虽然是夜，但也有明暗。有微明，有昏暗，有伸手不见掌，有漆黑一团糟。爱夜的人要有听夜的耳朵和看夜的眼睛，自在暗中，看一切暗。君子们从电灯下走入暗室中，伸开了他的懒腰；爱侣们从月光下走进树阴里，突变了他的眼色。夜的降临，抹杀了一切文人学士们当光天化日之下，写在耀眼的白纸上的超然，混然，恍然，勃然，粲然的文章，只剩下乞怜，讨好，撒谎，骗人，吹牛，捣鬼的夜气，形成一个灿烂的金色的光圈，像见于佛画上面似的，笼罩在学识不凡的头脑上。

爱夜的人于是领受了夜所给与的光明。

高跟鞋的摩登女郎在马路边的电光灯下，阁阁的走得很起劲，但鼻尖也闪烁着一点油汗，在证明她是初学的时髦，假如长在明晃晃的照耀中，将使她碰着"没落"的命运。一大排关着的店铺的昏暗助她一臂之力，使她放缓开足的马力，吐一口气，这时之觉得沁人心脾的夜里的拂拂的凉风。

爱夜的人和摩登女郎，于是同时领受了夜所给与的恩惠。

一夜已尽，人们又小心翼翼的起来，出来了；便是夫妇们，面目和五六点钟之前也何其两样。从此就是热闹，喧嚣。而高墙后面，大厦中间，深闺里，黑狱里，客室里，秘密机关里，却依然弥漫着惊人的真的大黑暗。

现在的光天化日，熙来攘往，就是这黑暗的装饰，是人肉酱缸上的金盖，是鬼脸上的雪花膏。只有夜还算是诚实的。我爱夜，在夜间作《夜颂》。

六月八日。

夜
颂

火

□　鲁　迅

普洛美修斯偷火给人类，总算是犯了天条，贬入地狱。但是，钻木取火的燧人氏却似乎没有犯窃盗罪，没有破坏神圣的私有财产——那时候，树木还是无主的公物。然而燧人氏也被忘却了，到如今只见中国人供火神菩萨，不见供燧人氏的。

火神菩萨只管放火，不管点灯。凡是火着就有他的份。因此，大家把他供养起来，希望他少作恶。然而如果他不作恶，他还受得着供养么，你想？

点灯太平凡了。从古至今，没有听到过点灯出名的名人，虽然人类从燧人氏那里学会了点火已经有五六千年的时间。放火就不然。秦始皇放了一把火——烧了书没有烧人；项羽入关又放了一把火——烧的是阿房宫不是民房（？——待考）。……罗马的一个什么皇帝却放火烧百姓了；中世纪正教的僧侣就会把异教徒当柴火烧，间或还灌上油。这些都是一世之雄。现代的希特拉就是活证人。如何能不供养起来。何况现今是进化时代，火神菩萨也代代跨灶的。

譬如说罢，没有电灯的地方，小百姓不顾什么国货年，人人都要买点洋货的煤油，晚上就点起来：那么幽黯的黄澄澄的光线映在纸窗上，多不大方！不准，不准这么点灯！你们如果要光明的话，非得禁止这样"浪费"煤油不可。煤油应当扛到田地里去，灌进喷筒，呼啦呼啦的喷起来……一场大火，几十里路的延烧过去，稻禾，树木，房舍——尤其是草棚——一会儿都变成飞灰了。还不够，就有燃烧弹，硫磺弹，从飞机上面扔下来，像上海一二八的大火似的，够烧几天几晚。那才是伟大的光明呵。

火神菩萨的威风是这样的。可是说起来，他又不承认：火神菩萨据说原是保佑小民的，至于火灾，却要怪小民自不小心，或是为非作歹，纵火抢掠。

谁知道呢？历代放火的名人总是这样说，却未必总有人信。

我们只看见点灯是平凡的，放火是雄壮的，所以点灯就被禁止，放火就受供养。你不见海京伯马戏团么：宰了耕牛喂老

火

虎，原是这年头的"时代精神"。

十一月二日。

作文秘诀

现在竟还有人写信来问我作文的秘诀。

我们常常听到：拳师教徒弟是留一手的，怕他学全了就要打死自己，好让他称雄。在实际上，这样的事情也并非全没有，逢蒙杀羿就是一个前例。逢蒙远了，而这种古气是没有消尽的，还加上了后来的"状元瘾"，科举虽然久废，至今总还要争"唯一"，争"最先"。遇到有"状元瘾"的人们，做教师就危险，拳棒教完，往往免不了被打倒，而这位新拳师来教徒弟时，却以他的先生和自己为前车之鉴，就一定留一手，甚而至于三四手，于是拳术也就"一代不如一代"了。

还有，做医生的有秘方，做厨子的有秘法，开点心铺子的有秘传，为了保全自家的衣食，听说这还只授儿妇，不教女儿，以免流传到别人家里去，"秘"是中国非常普遍的东西，连关于国家大事的会议，也总是"内容非常秘密"，大家不知道。但是，作文却好像偏偏并无秘诀，假使有，每个作家一定是传给子孙的了，然而祖传的作家很少见。自然，作家的孩子们，从小看惯书籍纸笔，眼格也许比较的可以大一点罢，不过不见得就会做。目下的刊物上，虽然常见什么"父子作家""夫妇作家"的名称，仿佛真能从遗嘱或情书中，密授一些什么秘诀一样，其实乃是肉麻当有趣，妄将做官的关系，用到作文上去了。

那么，作文真就毫无秘诀么？却也并不。我曾经讲过几句做古文的秘诀，是要通篇都有来历，而非古人的成文；也就是通篇是自己做的，而又全非自己所做，个人其实并没有说什么；也就是"事出有因"，而又"查无实据"。到这样，便"庶几乎免于大过也矣"了。简而言之，实不过要做得"今天天气，哈哈哈……"而已。

这是说内容。至于修辞，也有一点秘诀：一要蒙胧，二要难懂。那方法，是：缩短句子，多用难字。譬如罢，作文论秦朝事，写一句"秦始皇乃始烧书"，是不算好文章的，必须翻译一下，使它不容易一目了然才好。这时就用得着《尔雅》，《文选》了，其实是只要不给别人知道，查查《康熙字典》也不妨的。动手来改，成为"始皇始焚书"，就有些"古"起来，到得改成"政俶燔典"，那就简直有了班马气，虽然跟着也令人不大看得懂。但是这样的做成一篇以至一部，是可以被称为"学者"的，我想了半天，只做得一句，所以只配在杂志上投稿。

我们的古之文学大师，就常常玩着这一手。班固先生的"紫色蛙声，余分闰位"，就将四句长句，缩成八字的；扬雄先生的"蠢迪检柙"，就将"动由规矩"这四个平常字，翻成难字的。《绿野仙踪》记塾师咏"花"，有句云："媳钗俏矣儿书废，哥罐闻焉嫂棒伤。"自说意思，是儿妇折花为钗，虽然俏丽，但恐儿子因而废读；下联较费解，是他的哥哥折了花来，没有花瓶，就插在瓦罐里，以嗅花香，他嫂嫂为防微杜渐起见，竟用棒子连花和罐一起打坏了。这算是对于冬烘先生的嘲笑。然而他的作法，其实是和扬班并无不合的，错只在他不用古典而用新典。这一个所谓"错"，就使《文选》之类在遗老遗少们的心眼里保住了威灵。

做得蒙胧，这便是所谓"好"么？答曰：也不尽然，其实是不过掩了丑。但是，"知耻近乎勇"，掩了丑，也就仿佛近乎好了。摩登女郎披下头发，中年妇人罩上面纱，就都是蒙胧术。人类学家解释衣服的起源有三说：一说是因为男女知道了性的羞耻心，用这来遮羞；一说却以为倒是用这来刺激；还有一种是说因为老弱男女，身体衰瘦，露着不好看，盖上一些东西，借此掩掩丑的。从修辞学的立场上看起来，我赞成后一说。现在还常有骈四俪六，典丽堂皇的祭文，挽联，宣言，通电，我们倘去查字典，翻类书，剥去它外面的装饰，翻成白话文，试看那剩下的是怎样的东西呵！？

不懂当然也好的。好在那里呢？即好在"不懂"中。但所虑的是好到令人不能说好丑，所以还不如做得它"难懂"：有一点懂，而下一番苦功之后，所懂的也比较的多起来。我们是向来很有崇拜"难"的脾气的，每餐吃三碗饭，谁也不以为奇，有人每餐要吃十八碗，就郑重其事的写在笔记上；用手穿针没有人看，用脚穿针就可以搭帐篷卖钱；一幅画片，平淡无奇，装在匣子里，挖一个洞，化为西洋镜，人们就张着嘴热心的要看了。况且同是一事，费了苦功而达到的，也比并不费力而达到的可贵。譬如到什么庙里去烧香罢，到山上的，比到平地上的可贵；三步一拜才到庙里的庙，和坐了轿子一径抬到的庙，即使同是这庙，在到达者的心里的可贵的程度是大有高下的。作文之贵乎难懂，就是要使读者三步一拜，这才能够达到一点目的的妙法。

写到这里，成了所讲的不但只是做古文的秘诀，而且是做骗人的古文的秘诀了。但我想，做白话文也没有什么大两样，因为它也可以夹些僻字，加上蒙胧或难懂，来施展那变戏法的障眼的手巾的。倘要反一调，就是"白描"。

"白描"却并没有秘诀。如果要说有，也不过是和障眼法反一调：有真意，去粉饰，少做作，勿卖弄而已。

十一月十日。

难得糊涂

□ 鲁　迅

　　因为有人谈起写篆字，我倒记起郑板桥有一块图章，刻着"难得糊涂"。那四个篆字刻得叉手叉脚的，颇能表现一点名士的牢骚气。足见刻图章写篆字也还反映着一定的风格，正像"玩"木刻之类，未必"只是个人的事情"："谬种"和"妖孽"就是写起篆字来，也带着些"妖谬"的。

　　然而风格和情绪，倾向之类，不但因人而异，而且因事而异，因时而异。郑板桥说"难得糊涂"，其实他还能够糊涂的。现在，到了"求仕不获无足悲，求隐而不得其地以审者，毋亦天下之至哀欤"的时代，却实在求糊涂而不可得了。

糊涂主义，唯无是非观等等——本来是中国的高尚道德。你说他是解脱，达观罢，也未必。他其实在固执着，坚持着什么，例如道德上的正统，文学上的正宗之类。这终于说出来了：——道德要孔孟加上"佛家报应之说"（老庄另帐登记），而说别人"鄙薄"佛教影响就是"想为儒家争正统"，原来同善社的三教同源论早已是正统了。文学呢？要用生涩字，用词藻，秾纤的作品，而且是新文学的作品，虽则他"否认新文学和旧文学的分界"；而大众文学"固然赞成"，"但那是文学中的一个旁支"。正统和正宗，是明显的。

对于人生的倦怠并不糊涂！活的生活已经那么"穷乏"，要请青年在"佛家报应之说"，在《文选》，《庄子》，《论语》，《孟子》里去求得修养。后来，修养又不见了，只剩得字汇。"自然景物，个人情感，宫室建筑，……之类，还不妨从《文选》之类的书中去找来用。"从前严几道从甚么古书里——大概也是《庄子》罢——找着了"么匿"两个字来译Unit，又古雅，又音义双关的。但是后来通行的却是"单位"。严老先生的这类"字汇"很多，大抵无法复活转来。现在却有人以为"汉以后的词，秦以前的字，西方文化所带来的字和词，可以拼成功我们的光芒的新文学"。这光芒要是只在字和词，那大概像古墓里的贵妇人似的，满身都是珠光宝气了。人生却不在拼凑，而在创造，几千百万的活人在创造。可恨的是人生那么骚扰忙乱，使一些人"不得其地以窜"，想要逃进字和词里去，以求"庶免是非"，然而又不可得。真要写篆字刻图章了！

十一月六日。

捣鬼心传

□ 鲁　迅

中国人又很有些喜欢奇形怪状，鬼鬼祟祟的脾气，爱看古树发光比大麦开花的多，其实大麦开花他向来也没有看见过。于是怪胎畸形，就成为报章的好资料，替代了生物学的常识的位置了。最近在广告上所见的，有像所谓两头蛇似的两头四手的胎儿，还有从小肚上生出一只脚来的三脚汉子。固然，人有怪胎，也有畸形，然而造化的本领是有限的，他无论怎么怪，怎么畸，总有一个限制：孪儿可以连背，连腹，连臀，连胁，或竟骈头，却不会将头生在屁股上；形可以骈拇，枝指，缺肢，多乳，却不会两脚之外添出一只脚来，好像"买两送一"

的买卖。天实在不及人之能捣鬼。

但是，人的捣鬼，虽胜于天，而实际上本领也有限。因为捣鬼精义，在切忌发挥，亦即必须含蓄。盖一加发挥，能使所捣之鬼分明，同时也生限制，故不如含蓄之深远，而影响却又因而模胡了。"有一利必有一弊"，我之所谓"有限"者以此。

清朝人的笔记里，常说罗两峰的《鬼趣图》，真写得鬼气拂拂；后来那图由文明书局印出来了，却不过一个奇瘦，一个矮胖，一个臃肿的模样，并不见得怎样的出奇，还不如只看笔记有趣。小说上的描摹鬼相，虽然竭力，也都不足以惊人，我觉得最可怕的还是晋人所记的脸无五官，浑沦如鸡蛋的山中厉鬼。因为五官不过是五官，纵使苦心经营，要它凶恶，总也逃不出五官的范围，现在使它浑沦得莫名其妙，读者也就怕得莫名其妙了。然而其"弊"也，是印象的模胡。不过较之写些"青面獠牙"，"口鼻流血"的笨伯，自然聪明得远。

中华民国人的宣布罪状大抵是十条，然而结果大抵是无效。古来尽多坏人，十条不过如此，想引人的注意以至活动是决不会的。骆宾王作《讨武曌檄》，那"入宫见嫉，蛾眉不肯让人，掩袖工谗，狐媚偏能惑主"这几句，恐怕是很费点心机的了，但相传武后看到这里，不过微微一笑。是的，如此而已，又怎么样呢？声罪致讨的明文，那力量往往远不如交头接耳的密语，因为一是分明，一是莫测的。我想假使当时骆宾王站在大众之前，只是攒眉摇头，连称"坏极坏极"，却不说出其所谓坏的实例，恐怕那效力会在文章之上的罢。"狂飙文豪"高长虹攻击我时，说道劣迹多端，倘一发表，便即身败名裂，而终于并不发表，是深得捣鬼正脉的；但也竟无大效者，则与广泛俱来的"模胡"之弊为之也。

明白了这两例，便知道治国平天下之法，在告诉大家以有法，而不可明白切实的说出何法来。因为一说出，即有言，一有言，便可与行相对照，所以不如示之以不测。不测的威棱使人萎伤，不测的妙法使人希望——饥荒时生病，打仗时做诗，虽若与治国平天下不相干，但在莫明其妙中，却能令人疑为跟着自有治国平天下的妙法在——然而其"弊"也，却还是照例的也能在模胡中疑心到所谓妙法，其实不过是毫无方法而已。

捣鬼有术，也有效，然而有限，所以以此成大事者，古来无有。

十一月二十二日。

运 命

□ 鲁　迅

电影"《姊妹花》中的穷老太婆对她的穷女儿说：'穷人终是穷人，你要忍耐些！'"宗汉先生慨然指出，名之曰"穷人哲学"（见《大晚报》）。

自然，这是教人安贫的，那根据是"运命"。古今圣贤的主张此说者已经不在少数了，但是不安贫的穷人也"终是"很不少。"智者千虑，必有一失"，这里的"失"，是在非到盖棺之后，一个人的运命"终是"不可知。

豫言运命者也未尝没有人，看相的，排八字的，到处都是。然而他们对于主顾，肯断定他穷到底的是很少的，即使有，大家的学说又不能相一致，甲说当穷，乙却说当富，这就使穷人不能确信他将来的一定的运命。

不信运命，就不能"安分"，穷人买奖券，便是一种"非分之想"。但这于国家，现在是不能说没有益处的。不过"有一利必有一弊"，运命既然不可知，穷人又何妨想做皇帝，这就使中国出现了《推背图》。据宋人说，五代时候，许多人都看了这图给自己的儿子取名字，希望应着将来的吉兆，直到宋太宗（？）抽乱了一百本，与别本一同流通，读者见次序多不相同，莫衷一是，这才不再珍藏了。然而九一八那时，上海却还大卖着《推背图》的新印本。

"安贫"诚然是天下太平的要道，但倘使无法指定究竟的运命，总不能令人死心塌地。现在的优生学，本可以说是科学的了，中国也正有人提倡着，冀以济运命说之穷，而历史又偏偏不争气，汉高祖的父亲并非皇帝，李白的儿子也不是诗人；还有立志传，絮絮叨叨的在对人讲西洋的谁以冒险成功，谁又以空手致富。

运命说之毫不足以治国平天下，是有明明白白的履历的。倘若还要用它来做工具，那中国的运命可真要"穷"极无聊了。

二月二十三日。

说"面子"

□ 鲁　迅

"面子"，是我们在谈话里常常听到的，因为好像一听就懂，所以细想的人大约不很多。

但近来从外国人的嘴里，有时也听到这两个音，他们似乎在研究。他们以为这一件事情，很不容易懂，然而是中国精神的纲领，只要抓住这个，就像二十四年前的拔住了辫子一样，全身都跟着走动了。相传前清时候，洋人到总理衙门去要求利益，一通威吓，吓得大官们满口答应，但临走时，却被从边门送出去。不给他走正门，就是他没有面子；他既然没有了面子，自然就是中国有了面子，也就是占了上风了。这是不是事实，我断不定，但这故事，"中外人士"中是颇有些人知道的。

因此，我颇疑心他们想专将"面子"给我们。

但"面子"究竟是怎么一回事呢？不想还好，一想可就觉得胡涂。它像是很有好几种的，每一种身价，就有一种"面子"，也就是所谓"脸"。这"脸"有一条界线，如果落到这线的下面去了，即失了面子，也叫作"丢脸"。不怕"丢脸"，便是"不要脸"。但倘使做了超出这线以上的事，就"有面子"，或曰"露脸"。而"丢脸"之道，则因人而不同，例如车夫坐在路边赤膊捉虱子，并不算什么，富家姑爷坐在路边赤膊捉虱子，才成为"丢脸"。但车夫也并非没有"脸"，不过这时不算"丢"，要给老婆踢了一脚，就躺倒哭起来，这才成为他的"丢脸"。这一条"丢脸"律，是也适用于上等人的。这样看来，"丢脸"的机会，似乎上等人比较的多，但也不一定，例如车夫偷一个钱袋，被人发见，是失了面子的，而上等人大捞一批金珠珍玩，却仿佛也不见得怎样"丢脸"，况且还有"出洋考察"，是改头换面的良方。

谁都要"面子"，当然也可以说是好事情，但"面子"这东西，却实在有些怪。九月三十日的《申报》就告诉我们一条新闻：沪西有业木匠大包作头之罗立鸿，为其母出殡，邀开"贳器店之王树宝夫妇帮忙，因来宾众多，所备白衣，不敷分配，其时适有名王道才，绰号三喜子，亦到来送殡，争穿白衣不遂，以为有失体面，心中怀恨，……邀集徒党数十人，各执铁棍，据说尚有持手枪者多人，将王树宝家人乱打，一时双方有剧烈之战争，头破血流，多人受有重伤。……"白衣是亲族有服者所穿的，现在必须"争穿"而又"不遂"，足见并非亲族，但竟以为"有失体面"，演成这样的大战了。这时候，好像只要和普通有些不同便是"有面子"，而自己成了什么，却可以完全不管。这类脾气，是"绅商"也不免发露的：袁世凯将要称帝的时候，有人以列名于劝进表中为"有面子"；有一国从青岛撤兵的时候，有人以列名于万民伞上为"有面子"。

所以，要"面子"也可以说并不一定是好事情——但我并非说，人应该"不要脸"。现在说话难，如果主张"非孝"，就有人会说你在煽动打父母，主张男女平等，就有人会说你在提倡乱交——这声明是万不可少的。

况且，"要面子"和"不要脸"实在也可以有很难分辨的时候。不是有一个笑话么？一个绅士有钱有势，我假定他叫四大人罢，人们都以能够和他攀谈为荣。有一个专爱夸耀的小瘪三，一天高兴的告诉别人道："四大人和我讲过话了！"人问他"说什么呢？"答道："我站在他门口，四大人出来了，对我说：滚开去！"当然，这是笑话，是形容这人的"不要脸"，但在他本人，是以为"有面子"的，如此的人一多，也就真成为"有面子"了。别的许多人，不是四大人连"滚开去"也不对他说么？

在上海，"吃外国火腿"虽然还不是"有面子"，却也不算怎么"丢脸"了，然而比起被一个本国的下等人所踢来，又仿佛近于"有面子"。

中国人要"面子"，是好的，可惜的是这"面子"是"圆机活法"，善于变化，于是就和"不要脸"混起来了。长谷川如是闲说"盗泉"云："古之君子，恶其名而不饮，今之君子，改其名而饮之。"也说穿了"今之君子"的"面子"的秘密。

十月四日。

夜　莺

□ 戴望舒

在神秘的银月的光辉中，树叶儿啁啾地似在私语，缂缫地似在潜行；这时候的世界，好似一个不能解答的谜语，处处都含着幽奇和神秘的意味。

有一只可爱的夜莺在密荫深处高啭，一时那林中充满了她婉转的歌声。

我们慢慢地走到饶有诗意的树荫下来，悠然听了会鸟声，望了会月色。我们同时说："多美丽的诗境！"于是我们便坐下来说夜莺的故事。

"你听她的歌声是多悲凉！"我的一位朋友先说了，"她是那伟大的太阳的使女：每天在日暮的时候，她看见日儿的残光现着惨红的颜色，一丝丝地向辽远的西方消逝了，悲思便充满了她幽微的心窍，所以她要整夜地悲啼着……"

"这是不对的，"还有位朋友说，"夜莺实是月儿的爱人：你可不听见她的情歌是怎地缠绵；她赞美着月儿，月儿便用清辉将她拥抱着。从她的歌声，你可听不出她灵魂是沉醉着？"

我们正想再听一会夜莺的啼声，想要她启示我们的怀疑，但是她拍着翅儿飞去了，却将神秘作为她的礼物留给我们。

树

□ 戴望舒

　　路上的列树已斩伐尽了，疏疏朗朗地残留着可怜的树根。路显得宽阔了一点，短了一点，天和人的距离似乎更接近了。太阳直射到头顶上，雨直淋到身上……是的，我们需要阳光，但是我们也需要阴荫啊！早晨鸟雀的啁啾声没有了，傍晚舒徐的散步没有了。空虚的路，寂寞的路！

　　离门前不远的地方，本来有一棵合欢树，去年秋天，我也还采过那长长的荚果给我的女儿玩的。它曾经娉婷地站立在那里，高高地张开它的青翠的华盖一般的叶子，寄托了我们的梦想，又给我们以清阴。而现在，我们却只能在虚空之中，在浮着云片的碧空的背景上，徒然地描画它的青翠之姿了。

像现在这样的夏天的早晨，它的鲜绿的叶子和火红照眼的花，会给我们怎样的一种清新之感啊！它的浓荫之中藏着雏鸟小小的啼声，会给我们怎样的一种喜悦啊！想想吧，它的消失对于我们是怎样地可悲啊！

抱着幼小的孩子，我又走到那棵合欢树的树根边来了。锯痕已由淡黄变成黝黑了，然而年轮却还是清清楚楚的，并没有给苔藓或是芝菌侵蚀去。我无聊地数着这一圈圈的年轮，四十二圈！正是我的年龄。它和我度过了同样的岁月，这可怜的合欢树！

树啊，谁更不幸一点，是你呢，还是我？

生

□ 许地山

我的生活好像一棵龙舌兰，一叶一叶慢慢地长起来。某一片叶在一个时期曾被那美丽的昆虫做过巢穴；某一片叶曾被小鸟们歇在上头歌唱过。现在那些叶子都落掉了！只有瘢楞的痕迹留在干上，人也忘了某叶某叶曾经显过的样子；那些叶子曾经历过的事迹唯有龙舌兰自己可以记忆得来，可是他不能说给别人知道。

我的生活好像我手里这管笛子。他在竹林里长着的时候，许多好鸟歌唱给他听；许多猛兽长啸给他听；甚至天中的风雨雷电都不时教给他发音的方法。

他长大了，一切教师所教的都纳入他的记忆里，然而他身中仍是空空洞洞，没有什么。

做乐器者把他截下来，开几个气孔，搁在唇边一吹，他从前学的都吐露出来了。

梨 花

□ 许地山

她们还在园里玩，也不理会细雨丝丝穿入她们的罗衣。池边梨花的颜色被雨洗得更白净了，但朵朵都懒懒地垂着。

姊姊说："你看，花儿都倦得要睡了！"

"待我来摇醒他们。"

姊姊不及发言，妹妹的手早已抓住树枝摇了几下。花瓣和水珠纷纷地落下来，铺得银片满地，煞是好玩。

妹妹说："好玩啊，花瓣一离开树枝，就活动起来了！"

"活动什么？你看，花儿的泪都滴在我身上哪。"姊姊说这话时，带着几分怒气，推了妹妹一下。她接着说："我不和你玩了，你自己在这里罢。"

妹妹见姊姊走了，直站在树下出神。停了半晌，老妈子走来，牵着她，一面走着，说："你看，你的衣服都湿透了；在阴雨天，每日要换几次衣服，教人到哪里找太阳给你晒去呢？"

落下来底花瓣，有些被她们的鞋印入泥中；有些粘在妹妹身上，被她带走；有些浮在池面，被鱼儿衔入水里。那多情的燕子不歇把鞋印上的残瓣和软泥一同衔在口中，到梁间去，构成它们的香巢。

想　飞

□ 徐志摩

假如这时候窗子外有雪——街上，城墙上，屋脊上，都是雪，胡同口一家屋檐下偎着一个戴黑兜帽的巡警，半扰着睡眼，看棉花团似的雪花在半空中跳着玩……假如这夜是一个深极了的啊，不是壁上挂钟的时针指示给我们看的深夜，这深就比是一个山洞的深，一个往下钻螺旋形的山洞的深……

假如我能有这样一个深夜，它那无底的阴森捻起我遍体的毫管；再能有窗子外不住往下筛的雪，筛淡了远近间飐动的市谣，筛泯了在泥道上挣扎的车轮，筛灭了脑壳中不妥协的潜流……

我要那深，我要那静。那在树荫浓密处躲着的夜鹰，轻易不敢在天光还在照亮时出来睁眼。思想：它也得等。

青天里有一点子黑的。正冲着太阳耀眼，望不真，你把手遮着眼，对着那两株树缝里瞧，黑的，有榧子来大，不，有桃子来大——嘿，又移着往西了！

我们吃了中饭出来到海边去。（这是英国康槐尔极南的一角，三面是大西洋。）勚丽丽的叫响从我们的脚底下均匀地往上颤，齐着腰，到了肩高，过了头顶，高入了云，高出了云。啊，你不能不把一种急震的乐音想象成一阵光明的细雨，从蓝天里冲着这平铺着青绿的地面不住地下？不，那雨点都是跳舞的小脚，安琪儿的。云雀们也吃过了饭，离开了它们卑微的地巢飞往高处做工去。上帝给它们的工作，替上帝做的工作。瞧着，这儿一只，那边又起了两！一起就冲着天顶飞，小翅膀动活得多快活，圆圆的，不踌躇地飞，—— 它们就认识青天。一起就开口唱，小嗓子动活得多快活，一颗颗小精圆珠子直往外唾，亮亮地唾，脆脆地唾，——它们赞美的是青天。瞧着，这飞得多高，有豆子大，有芝麻大，黑刺刺的一屑，直顶着无底的天顶细细地摇，——这全看不见了，影子都没了！但这光明的细雨还是不住地下着……

飞。"其翼若垂天之云……背负苍天，而莫之夭阏者"；那不容易见着。我们镇上东关厢外有一座黄泥山，山顶上有一座七层的塔，塔尖顶着天。塔院里常常打钟，钟声响动时，那在太阳西晒的时候多，一枝艳艳的大红花贴在西山的鬓边回照着塔山上的云彩，——钟声响动时，绕着塔顶尖，摩着塔顶天，穿着塔顶云，有时一只两只、有时三只四只、有时五只六只蜷着爪往地面瞧的"饿老鹰"，撑开了它们灰苍苍的大翅膀没挂恋似的在盘旋，在半空中浮着，在晚风中汹着，仿佛是按着塔院钟的波荡来练习圆舞似的。那是我做孩子时的"大鹏"。有时好天抬头不见一瓣云的时候听着虩忧忧的叫响，我们就知道那是宝塔上的饿老鹰寻食吃来了，这一想象半天里秃顶圆睛的英雄。我们背上的小翅膀骨上就仿佛豁出了一锉锉铁刷似的羽毛，摇起来呼呼响的，只一摆就冲出了书房门，钻入了玳瑁镶边的白云里玩儿去，谁耐烦站在先生书桌前晃着身子背早上的多难背的书！啊，飞！不是那在树枝上矮矮的跳着的麻雀儿的飞；不是那凑天黑从堂匾后背冲出来赶蚊子吃的蝙蝠的飞；也不是那软尾巴软嗓子做巢在堂檐上的燕子的飞。要飞就得满天飞，风拦不住云挡不住地飞，一翅膀就跳过一座山头，影子下来遮得阴二十亩稻田的飞，到天晚飞倦了就来绕着那塔顶尖顺着风向打圆圈做梦……听说饿老鹰会抓小鸡！

　　飞。人们原来都是会飞的。天使们有翅膀，会飞，我们初来时也有翅膀，会飞。我们最初就是飞了来的，有的做完了事还是飞了去，他们是可羡慕的。但大多数人是忘了飞的，有的翅膀上掉了毛不长再也飞不起来，有的翅膀叫胶水给胶住了再也拉不开，有的羽毛叫人给修短了像鸽子似的只会在地上跳，有的拿背上一对翅膀上当铺去典钱使过了期再也赎不回……真的，我们一过了做孩子的日子就掉了飞的本领。但没了翅膀或是翅膀坏了不能用是一件可怕的事。因为你再也飞不回去，你

想飞

043

蹲在地上呆望着飞不上去的天，看旁人有福气地一程一程地在青云里逍遥，那多可怜。而且翅膀又不比是你脚上的鞋，穿烂了可以再问妈要一双去，翅膀可不成，折了一根毛就是一根，没法给补的。还有，单顾着你翅膀也还不定规到时候能飞，你这身子要是不谨慎养太肥了，翅膀力量小再也拖不起，也是一样难不是？一对小翅膀驮不起一个胖肚子，那情形多可笑！到时候你听人家高声地招呼说，朋友，回去吧，趁这天还有紫色的光，你听他们的翅膀在半空中沙沙地摇响，朵朵的春云跳过来拥着他们的肩背，望着最光明的来处翩翩地，冉冉地轻烟似的化出了你的视域，像云雀似的只留下一泻光明的骤雨——"Thou art unseen, but yet I hear thy shrill delight"（你无影无踪，但我仍听见你的尖声欢叫）——那你，独自在泥土里淹着，够多难受，够多懊恼，够多寒碜，趁早留神你的翅膀，朋友。

是人没有不想飞的。老是在这地面上爬着够多厌烦，不说别的。飞出这圈子，飞出这圈子！到云端里去，到云端里去！哪个心里不成天千百遍地这么想？飞上天空去浮着，看地球这弹丸在太空里滚着，从陆地看到海，从海再看到陆地。凌空去看一个明白——这才是做人的趣味，做人的权威，做人的交代。这皮囊要是太重挪不动，就掷了它，可能的话，飞出这圈子，飞出这圈子！

人类初发明用石器的时候，已经想长翅膀。想飞。猿人洞壁上画的四不像，它的背上掮着翅膀；拿着弓箭赶野兽的，他那肩背上也给安了翅膀。小爱神是有一对粉嫩的肉翅的。伊卡洛斯（Icarus）是人类飞行史里第一个英雄，第一次牺牲。安琪儿（那是理想化的人）第一个标记是帮助他们飞行的翅膀。那也有沿革——你看西洋画上的表现。最初像是一对小精致的令旗，蝴蝶似的粘在安琪儿们的背上，像真的，不灵动的。渐渐地翅膀长大了，地位安准了，毛羽丰满了。画图上的天使们长上了真的可能的翅膀。人类初次实现了翅膀的观念，彻悟了飞行的意义。挨开拉斯闪不死的灵魂，回来投生又投生。人类最大的使命，是制造翅膀；最大的成功是飞！理想的极度，想象的止境，从人到神！诗是翅膀上出世的；哲理是在空中盘旋的。飞！超脱一切，笼盖一切，扫荡一切，吞吐一切。

你上那边山峰顶上试去，要是度不到这边山峰上，你就得到这万丈的深渊里去找你的葬身地！"这人形的鸟会有一天试他第一次的飞行，给这世界惊骇，使所有的著作赞美，给他所从来的栖息处永久的光荣。"啊！达文謇！

但是飞？自从挨开拉斯以来，人类的工作是制造翅膀，还是束缚翅膀？这翅膀，承上了文明的重量，还能飞吗？都是飞了来的，还都能飞了回去吗？钳住了，烙住了，压住了，——这人形的鸟会有试他第一次飞行的一天吗？……

同时天上那一点子黑的已经迫近在我的头顶，形成了一架鸟形的机器，忽地机沿一侧，一球光直往下注，砰的一声炸响，——炸碎了我在飞行中的幻想，青天里平添了几堆破碎的浮云。

春

□ 朱自清

盼望着，盼望着，东风来了，春天的脚步近了。

一切都像刚睡醒的样子，欣欣然张开了眼。山朗润起来了，水涨起来了，太阳的脸红起来了。

小草偷偷地从土里钻出来，嫩嫩的，绿绿的。园子里，田野里，瞧去，一大片一大片满是的。坐着，躺着，打两个滚，踢几脚球，赛几趟跑，捉几回迷藏。风轻悄悄的，草软绵绵的。

桃树、杏树、梨树，你不让我，我不让你，都开满了花赶趟儿。红的像火，粉的像霞，白的像雪。花里带着甜味儿，闭了眼，树上仿佛已经满是桃儿、杏儿、梨儿！花下成千成百的蜜蜂嗡嗡地闹着，大小的蝴蝶飞来飞去。野花遍地是：杂样儿，有名字的，没名字的，散在草丛里像眼睛，像星星，还眨呀眨的。

"吹面不寒杨柳风"，不错的，像母亲的手抚摸着你。风里带来些新翻的泥土气息，混着青草味儿，还有各种花的香，都在微微润湿的空气里酝酿。鸟儿将巢安在繁花嫩叶当中，高兴起来了，呼朋引伴地卖弄清脆的喉咙，唱出宛转的曲子，与轻风流水应和着。牛背上牧童的短笛，这时候也成天嘹亮地响着。

雨是最寻常的，一下就是两三天。可别恼。看，像牛毛，像花针，像细丝，密密地斜织着，人家屋顶上全笼着一层薄烟。树叶子却绿得发亮，小草儿也青得逼你的眼。傍晚时候，上灯了，一点点黄晕的光，烘托出一片安静而和平的夜。乡下去，小路上，石桥边，有撑起伞慢慢走着的人；还有地里工作的农夫，披着蓑，戴着笠。他们的房屋，稀稀疏疏的，在雨里静默着。

天上风筝渐渐多了，地上孩子也多了。城里乡下，家家户户，老老小小，也赶趟儿似的，一个个都出来了。舒活舒活筋骨，抖擞抖擞精神，各做各的一份儿事去了。"一年之计在于春"，刚起头儿，有的是工夫，有的是希望。

春天像刚落地的娃娃，从头到脚都是新的，它生长着。

春天像小姑娘，花枝招展的，笑着，走着。

春天像健壮的青年，有铁一般的胳膊和腰脚，领着我们上前去。

暗　夜

□　郁达夫

　　什么什么？那些东西都不是我写的。我会写什么东西呢？近来怕得很，怕人提起我来。今天晚上风真大，怕江里又要翻掉几只船哩！啊，啊呀，怎么，电灯灭了？啊，来了，啊呀，又灭了。等一会儿吧，怕就会来的。像这样黑暗里坐着，倒也有点味儿。噢，你有洋火么？等一等，让我摸一支洋蜡出来。……啊唷，混蛋，椅子碰破了我的腿！不要紧，不要紧，好，有了。……

　　这洋烛光，倒也好玩得很。呜呼呼，你还记得么？白天我做的那篇模仿小学教科书的文章："暮春三月，牡丹盛开，我与友人，游戏庭前，燕子飞来，觅食甚勤，何以人而不如鸟乎。"

我现在又想了一篇，"某生夜读甚勤，西北风起，吹灭电灯，洋烛之光。"呜呼呼……近来什么也不能做，可是像这种小文章，倒也还做得出来，很不坏吧？我的女人么？嗳，她大约不至于生病罢！暑假里，倒想回去走一趟。就是怕回去一趟，又要生下小孩来，麻烦不过。你那里还有酒么？啊唷，不要把洋烛也吹灭了，风声真大呀！可了不得！……去拿什么，酒？等一等，拿一盒洋火，我同你去。……廊上的电灯也灭了么？小心扶梯！喔，灭了！混蛋，不点了罢，横竖出去总要吹灭的。……

噢噢，好大的风！冷！真冷！……嗳！

清贫慰语

□ 郁达夫

《洪范》五福，二曰富；同时五极，四曰贫。当然，富与贵，是人之所欲；而贫与贱，是人之所恶的。可是贵者必富，似乎是"自古已然，于今为烈"的定则；因为"子夏贫甚，人曰，子何不仕？子夏曰，诸侯之骄我者，我不为臣，大夫之骄我者，我不复见。"终而至于悬鹑衣于壁。这定则，在西洋却并不通用。培根论富，也同中国的古圣昔贤一样，以大地为致富之源，但其来也缓慢，而费力也多。其次则在他说商贾之致富，专卖、垄断之致富，为役吏或因职业之致富，虽则都可以很快地发财，然而却不高尚。

西哲的视富，也和中国圣人的为富不仁，为仁不富的调子一样。培根的大斥高利贷的地方，倒颇有些近世社会主义者所说的剩余价值与不当利得的倾向。

尤其是说得有趣的，是在讲到财神 Plutus 的势利的一点。他说财神于受到 Jupiter 大神的命令的时候，总缓缓跛行，姗姗而去；但一得到死神中之掌财魔王 Pluto 的命令的时候，却飞奔狂跳，唯恐不及了。所以致富之道的最快的手段，是在弄他人至死，而自己因之得财的一条路，譬如得遗产之类，就是。其次则如做恶事，坏良心，行奸邪，施压迫，亦是致富的捷径。总而言之你若想富，你得先弄人贫。散文的祖宗，法国蒙泰纽，在他的一篇《论一人之得就是他人之失》的短文里也说，一位雅典的卖葬式器具者，每以劣货而售重价，因而 Dcmades 痛斥其为不仁，因他的利益，就系悬在他人的死的上面的。蒙泰纽却又进一步说，不独卖葬具者为然，凡天下之得利者，都该痛斥。商人利用青年的无节制，农夫只想抬高谷价，建筑师希望人家屋倒，讼师唯恐天下没有事，就是善誉者以及牧师，也是因为我们作恶或死人时才有实用。医生决不喜欢人的健康，兵士没有一个是爱和平的。

如此说来，很简单的一句话，是富者都是恶人，善人没有一个不穷的人。因为弄成了我们的穷，然后可以致他的富。不过因节俭而致富，因无中生有的生产而致富，如其富得正当而不害及他人者，又当别论。

那么贫穷的人是不是都可以宝贵的呢？培根先生也在说，对于那些似乎在看不起富的人，也不可一味地轻信，因为他们的看不起富，是实在对于富是绝望了；万一使他们也能得到，那时候他们可又不同了。所以是清而且贫者为上，懒而且贫者次之，孜孜欲富而终得其贫者为最下。像黔娄子的夫妻，庶几可以当得起清贫的两字了，且看《高士传》："黔娄子守道不屈，卒时覆以布被，覆头则足露，覆足则头露。或曰，斜其被则敛矣！其妻曰，斜而有余，不如正而不足！"

现在一般人的不守清贫，终至卑污堕落的原因，大抵在于女人；若有一位能识得斜而有余不如正而不足的女人在旁，那世界上的争夺，恐怕可以减少一半。

其次则还有一位与势利的财神相对立的公正的死神在那里；无常一到，则王侯将相，乞丐偷儿，都平等了。俗语说："一双空手见阎君！"这实在是穷人的一大安慰；而西洋人的轮回之说比此还要更进一步。耶稣教的轻薄富人，是无所不用其极的；他们说，富者欲入天国，难于骆驼之穿针孔；所以培根也说，财富是德性的行李，譬如行军，辎重财富，是进军之大累也。

雨

□ 郁达夫

周作人先生名其书斋曰"苦雨",恰正与东坡的"喜雨亭"名相反。其实,北方的雨,却都可喜,因其难得之故。像今年那么的水灾,也并不是雨多的必然结果;我们应该责备治河的人,不事先预防,只晓得糊涂搪塞,虚糜国帑,一旦有事,就互相推诿,但救目前。人生万事,总得有个变换,方觉有趣;生之于死,喜之于悲,都是如此,推及天时,又何尝不然? 无雨哪能见晴之可爱,没有夜也将看不出昼之光明。

我生长江南,按理是应该不喜欢雨的;但春日暝蒙,花枝枯竭的时候,得几点微雨,又是一件多么可爱的事情!"小楼一夜听春雨""杏花春雨江南""天街细雨润如酥",从前的诗人，早就先我说过了。夏天的雨，可以杀暑，可以润禾，它的价值的大，更可以不必再说。而秋雨的霏微凄冷，又是别一种境地，昔人所谓"雨到深秋易作霖，萧萧难会此时心"的诗句，就在说秋雨的耐人寻味。至于秋女士的"秋雨秋风愁煞人"的一声长叹，乃别有怀抱者的托辞，人自愁耳，何关雨事。三冬的寒雨，爱的人恐怕不多。但"江关雁声来渺渺，灯昏宫漏听沉沉"的妙处，若非身历其境者决领悟不到。记得曾宾谷曾以《诗品》中语名诗，叫作《赏雨茅屋斋诗集》。他的诗境如何，我不晓得，但"赏雨茅屋"这四个字，真是多么的有趣！尤其是到了冬初秋晚，正当"苍山寒气深，高林霜叶稀"的时节。

给一位文学青年的公开状

□ 郁达夫

今天的风沙实在太大了，中午吃饭之后，我因为还要去教书，所以没有许多工夫，和你谈天。我坐在车上，一路的向北走去，沙石飞进了我的眼睛。一直到午后四点钟止，我的眼睛四周的红圈，还没有退尽。恐怕同学们见了要笑我，所以于上课堂之先，我从高窗口在日光大风里把一双眼睛曝晒了许多时。我今天上你那公寓里来看了你那一副样子，觉得什么话也说不出来。现在我想趁着这大家已经睡寂了的几点钟工夫，把我要说的话，写一点在纸上。

平素不认识的可怜的朋友，或是写信来，或是亲自上我这里来的，很多很多；我因为想报答两位也是我素不认识而对于我却有十二分的同情过的朋友的厚恩起见，总尽我的力量帮助他们。可是我的力量太薄弱了，可怜的朋友太多了，所以结果近来弄得我自家连一条棉裤也没有。这几天来天气变得很冷，我老想买一件外套，但终于没有买成。尤其是使我羞恼的，因为恰逢此刻，我和同学们所读的书里，正有一篇俄国果戈里著的嘲弄像我们一类人的小说《外套》。现在我的经济状态比从前并没有什么宽裕，从数目上讲起来，反而比从前要少——因为现在我不能向家里去要钱花，每月的教书钱，额面上虽则有五十三加六十四合一百十七块，但实际上拿得到的只有三十三四块——而我的嗜好日深，每月光是烟酒的账，也要开销二十多块。我曾经立过几次对天的深誓，想把这一笔糜费戒省下来；但愈是没有钱的时候，愈想喝酒吸烟。向你讲这一番苦话，并不是因为怕你要来问我借钱，而先事预防，我不过欲以我的身体来做一个证据，证明目下的中国社会的不合理，以大学校毕业的资格来糊口的你那种见解的错误罢了。

引诱你到北京来的，是一个国立大学毕业的头衔；你告诉我说你的心里，总想在国立大学弄到毕业，毕业以后至少生计问题总可以解决。现在学校都已考完，你一个国立大学也进不去，接济你的资金的人，又因他自家的地位摇动，无钱寄你；你去投奔你同县而且带有亲属的大慈善家H，H又不纳。穷极无路，只好写封信给一个和你素不相识而你也明明知道是和你一样穷的我。在这时候这样的状态之下，你还要口口声声的说什么大学教育，"念书"，我真佩服你的坚忍不拔的雄心。不过佩服虽可佩服，但是你的思想的简单愚直，也却是一样的可惊可异。现在你已经是变成了中性——半去势的文人了，有许多事情，譬如说高尚一点的，去当土匪，卑微一点的，去拉洋车等事情，你已经是干不了的了；难道你还嫌不足，还要想穿几年长袍，做几篇白话诗，短篇小说，达到你的全去势的目的么？大学毕业，以后就可以有饭吃，你这一种定理，是哪一本书上翻来的？

像你这样一个白脸长身，一无依靠的文学青年，即使将面包和泪吃，勤勤恳恳的在大学窗下住它五六年，难道你拿到毕业文凭的那一天，天上就忽而会下起珍珠白米的雨来的么？

现在不要说中国全国，就是在北京的一区里头，你且去站在十字街头，看见穿长袍黑马褂或哔叽旧洋服的人，你且试对他们行一个礼，问他们一个人要一个名片来看看；我恐怕你不上半天，就可以积起一大堆的什么学士，什么博士来，你若再行一个礼，问一问他们的职业，我恐怕他们都要红红脸说："兄弟是在这里找事情的。"他们是什么？他们都是大学毕业生呀，你能和他们一样的有钱读书么？你能和他们一样的有钱买长袍黑马褂哔叽洋服么？即使你也和他们一样的有了读书买衣服的钱，你能保得住你毕业的时候，事情会来找你么？

大学毕业生坐汽车，吸大烟，一掷千金的人原是有的。然而他们都是为新上台的大老经手减价卖职的人，都是有大刀枪杆在后面援助的人，都是有几个什么长在他们父兄身上的人；再粗一点说，他们至少也都是会爬乌龟钻狗洞的人；你要有他们那么的后援，或他们那么的乌龟本领，狗本领，那么你就是大学不毕业，何尝不可以吃饭？

我说了这半天，不过想把你的求学读书，大学毕业的迷梦打破而已。现在为你计，最上的上策，是去找一点事情干干。然而土匪你是当不了的，洋车你也拉不了的；报馆的校对，图书馆的拿书者，家庭教师，看护男，门房，旅馆火车菜馆的伙计，因为没有人可以介绍，你也是当不了的，——我当然是没有能力替你介绍，——所以最上的上策，于你是不成功的了。其次你就去革命去吧，去制造炸弹去吧！但是革命是不是同割枯草一样，用了你那裁纸的小刀，就可以革得成的呢？炸弹是不是可以用了你头发上的灰垢和半年不换的袜底里的污泥来调合的呢？这些事情，你去问上帝去吧！我也不知道。

比较上可以做得到，并且也不失为中策的，我看还是弄几个旅费，回到湖南你的故土，去找出四五年你不曾见过的老母和你的小妹妹来，第一天相持对哭一天；第二天因为哭了伤心，可以在床上你的草窠里睡去一天；既可以休养，又可以省几粒米下来熬稀粥；第三天以后，你和你的母亲妹妹，若没有衣服穿，不妨三人紧紧的挤在一处，以体热互助的结果，同冬天雪夜的群羊一样，倒可以使你的老母，不至冻伤；若没有米吃，你在日中天暖一点的时候，不妨把年老的母亲交付给你妹妹的身体烘着，你自己可以上村前村后去掘一点草根树根来煮汤吃，草根树根里也有淀粉，我的祖母未死的时候，常把洪杨乱日，她老人家尝过的这滋味说给我听，我所以知道。现在我既没有余钱可以赠你，就把这秘方相传，作个我们两位穷汉，在京华尘土里相遇的纪念吧！若说草根树根，也被你们的督军省长师长议员知事掘完，你无论走往何处再也找不出一块一截来的时候，那么你且咽着自家的口水，同唱戏似的把北京的豪富人家的蔬菜，有色有香的说给你的老母亲小妹妹听听；至少在未死前的一刻半刻钟中间，你们三个昏乱的脑子里，总可以大事铺张的享乐一回。

但是我听你说，你的故乡连年兵燹，房屋田产都已毁尽，老母弱妹也不知是生是死，五年来音信不通；并且现在回湖南的火车不开，就是有路费也回去不得，何况没有路费呢？

上策不行，次之中策也不行，现在我为你实在是没有什么法子好想了。不得已我就把两个下策来对你讲吧！

第一，现在听说天桥又在招兵，并且听说取得极宽，上自五十岁的老人起，下至十六七岁的少年止，一律都收；你若应募之后，马上开赴前敌，打死在租界以外的中国地界，虽然不能说是为国效忠，也可以算得是为招你的那个同胞效了命，岂不是比饿死冻死在你那公寓的斗室里，好得多么？况且万一不开往前敌，或虽开往前敌而不打死的时候，只教你能保持你现在的这种纯洁的精神，只教你能有如现在想进大学读书一样的精神来宣传你的理想，难保你所属的一师一旅，不为你所感化。这是下策的第一个。

第二，这才是真真的下策了！你现在不是只愁没有地方住没有地方吃饭而又苦于没有勇气自杀么？你的没有能力做土匪，没有能力拉洋车，是我今天早晨在你公寓里第一眼看见你的时候，已经晓得的。但是有一件事情，我想你还能胜任的，要干的时候一定是干得到的。这是什么事情呢？啊啊，我真不愿意说出来——我并不是怕人家对我提起诉讼，说我在唆使你做贼，啊呀，不愿意说倒说出来了，做贼，做贼，不错，我所说的这件事情，就是叫你去偷窃呀！

无论什么人的无论什么东西，只教你偷得着，尽管偷吧！偷到了，不被发觉，那么就可以把这你偷自他，他抢自第三人的，在现在的社会里称为赃物，在将来进步了的社会里，当然是要分归你有的东西，拿到当铺——我虽然不能为你介绍职业，但是像这样的当铺，却可以为你介绍几家——里去换钱用。万一发觉了呢？也没有什么。第一你坐坐监牢，房钱总可以不付了。第二监狱里的饭，虽然没有今天中午我请你的那家馆子里的那么好，但是饭钱可以不付的。第三或者什么什么司令，以军法从事，把你枭首示众的时候，那么你的无勇气的自杀，总算是他来代你执行了，也是你的一件快心的事情，因为这样的活在世上，实在是没有什么意思。

我写到这里，觉得没有话再可以和你说了，最后我且来告诉你一种实习的方法吧！

你若要实行上举的第二下策，最好是从亲近的熟人方面做起。譬如你那位同乡的亲戚老H家里，你可以先去试一试看。因为他的那些堆积在那里的财富，不过是方法手段不同罢了，实际上也是和你一样的偷来抢来的。你若再慑于他的慈和的笑里的尖刀，不敢去向他先试，那么不妨上我这里来作个破题儿试试，我晚上卧房的门常是不关，进出很便。不过有一件缺点，就是我这里没有什么值钱的物事。但是我有几本旧书，却很可以卖几个钱。你若来时，最好是预先通知我一下，我好多服一剂催眠药，早些睡下，因为近来身体不好，晚上老要失眠，怕与你的行动不便；还有一句话——你若来时，心肠应该要练得硬一点，不要因为是我的书的原因，致使你没有偷成，就放声大哭起来——

一九二四年十一月十三日午前二时

給一位文学青年的公开状

061

家

□ 缪崇群

低低的门，高高的白墙，当我走进天井，我又看见对面房子的许多小方格窗眼了。

拾阶登到楼上，四围是忧郁而晦暗的，那书架，那字画，那案上的文具，那檐头的竹帘……没有一样不是古香古色，虽然同我初遇，但仿佛已经都是旧识了。

我默默地坐下，我阴自地赞叹了：

啊！这静穆和平的家，他是爱的巢穴，心的归宿；他是倦者的故林，渴者的源泉……

我轻轻地笑了，在我的心底；我舒适地睡了，睡在我灵之摇篮里，一切都好像得其所以了！

但是只有一瞬，只有一息，我蓦地便又醒来了。这家，原不是我自己的。坐在对面的友人，他不是正在低首微笑么？他是骄傲地微笑呢，还是怜悯地微笑呢？

啊，在这个世界上，我是一个永远漂泊的过客，我没有爱的巢穴，我也无所归宿；故林早已荒芜，源泉也都成了一片沙漠……

倘如，我已经把这些告诉了他，那么他的微笑，将如何地给我一种难堪啊！

我庆欣，我泰然了。我由自欺欺人的勾当，评定了友人的微笑了。这勾当良心或者不至于过责的，因为他是太渺小而可怜了！

低低的门，高高的白墙，小小的窗格……这和平静穆的家，以前，我似乎有过一个的，以后，也许能有一个罢！

我仿佛又走进一个冥冥的国度去了，虽然身子还依旧坐在友人的对面，他的"家"里。

一九三〇年十月

从旅到旅

□ 缪崇群

倘使说人生好像也有一条过程似的：坠地呱呱的哭声作为一个初的起点，弥留的哀绝的呻吟是最终的止境，那么这中间——从生到死，不管它是一截或是一段，接踵着，赓连着，也仿佛是一条铁链，圈套着圈，圈套着圈…… 不以尺度来量计，或不是尺度能够量计的时候，是不是说链子长的圈多，短的链子圈少呢？

动，静，动，静……连成了一条人生的过程，多多少少次的动和静，讴歌人生灿烂的有了，诅咒人生重荷的也有了。在这条过程上，于是过着哭的，笑的，和哭笑不得。然而在所谓过程里：过即是在动，静也是在过，一段一截地接踵着，赓连着，分不清动静的界限，人生了，人死了，无数无量数的……

从生到死，不正可以说是从旅到旅么？

铁一般的重量，负在旅人的肩上；铁一般的寒气，沁着旅人的心，铁的镣铐锁住了旅人的手和足，听到了那钉铛的铁之音，怕旅人的灵魂也会激烈地被震撼了罢？

想到了身为旅人的人和我，禁不住地常常前瞻后顾了，可是这条路上布满了风沙和烟尘，朦胧，暗淡，往往伤害了自己的眼睛。我知道瞻顾都是徒然的，我不再踌躇，不再迷惘了；低着头，我将如伏尔加河上的船夫们，以那种沉着有力的唷喝的声调，来谱唱我从旅到旅的曲子。

沉　默

□　周作人

　　林语堂先生说，法国一位演说家劝人缄默，成书30卷为世所笑，所以我现在做讲沉默的文章，想竭力节省，以原稿纸三张为度。

　　提倡沉默从宗教方面讲来，大约很有材料，神秘主义里很看重沉默，美忒林克便有一篇极妙的文章。但是我并不想这样做，不仅因为怕有拥护宗教的嫌疑，实在是没有这种知识与才力。现在只就人情世故上着眼说一说吧。

　　沉默的好处第一是省力。中国人说，多说话伤气，多写字伤神。不说话不写字大约是长生之基，不过平常人总不易做到。那么一时的沉默也就很好，于我们大有神益。30小时草成一篇宏文，连睡觉的时光都没有，第三天必要头痛；演说家在讲台上呼号两点钟，难免口干喉痛，不值得甚矣。若沉默，则可无此种劳苦——虽然也得不到名声。

沉默的第二个好处是省事。古人说："口是祸门"，关上门，贴上封条，祸便无从发生（"闭门家里坐，祸从天上来"，那只算是"空气传染"，又当别论），此其利一。自己想说服别人，或是有所辩解，照例是没有什么影响，而且愈说愈是渺茫，不如及早沉默，虽然不能因此而说服或辩明，但至少是不会增添误会。又或别人有所陈说，在这面也照例不很能理解，极不容易答复，这时候沉默是适当的办法之一。古人说不言是最大的理解，这句话或者有深奥的道理，据我想则在我至少可以藏过不理解，而在他就可以有猜想被理解之自由。沉默之好处的好处，此其二。

善良的读者们，不要以为我太玩世（Cynical）了吧。老实说，我觉得人之互相理解是至难——即使不是不可能的事，而表现自己之真实的感情思想也是同样地难。我们说话作文，听别人的话，读别人的文章，以为互相理解了，这是一个聊以自娱的如意的好梦，好到连自己觉到了的时候也不肯立即承认，知道是梦了却还想在梦境中多流连一刻。其实我们这样说话作文无非只是想这样做，想这样聊以自娱，如其觉得没有什么可娱，那么尽可简单地停止。我们在门外草地上翻几个筋斗，想象那对面高楼上的美人看看，（而明知她未必看见），很是高兴，是一种办法；反正她不会看见，不翻筋斗了，且卧在草地上看云吧，这也是一种办法。两种都是对的，我这回是在做第二个题目罢了。

我是喜欢翻筋斗的人，虽然自己知道翻得不好。但这也只是不巧妙罢了，未必有什么害处，足为世道人心之忧。不过自己的评语总是不大靠得住的，所以在许多知识阶级的道学家看来，我的筋斗都翻得有点不道德，不是这种姿势足以坏乱风俗，便是这个主意近于妨害治安。这种情形在中国可以说是意表之内的事，我们也并不想因此而变更态度，但如民间这种倾向到了某一程度，翻筋斗的人至少也应有想到省力的时候了。

三张纸已将写满，这篇文应该结束了。我费了三张纸来提倡沉默，因为这是对于现在中国的适当办法。——然而这原来只是两处办法之一，有时也可以择取另一办法：高兴的时候弄点小把戏，"藉资排遣"。将来别处看有什么机缘，再来聒噪，也未可知。

养　花

□ 老　舍

　　我爱花，所以也爱养花。我可还没成为养花专家，因为没有工夫去研究与试验。我只把养花当作生活中的一种乐趣，花开得大小好坏都不计较，只要开花，我就高兴。在我的小院子里，到夏天，满是花草，小猫儿们只好上房去玩耍，地上没有它们的运动场。

　　花虽多，但无奇花异草。珍贵的花草不容易养活，看着一棵好花生病欲死是件难过的事。我不愿时时落泪。北京的气候，对养花来说，不算很好。冬天冷，春天多风，夏天不是干旱就是大雨倾盆；秋天最好，可是忽然会闹霜冻。在这种气候里，想把南方的好花养活，我还没有那么大的本事。因此，我

养
花

069

只养些好种易活、自己会奋斗的花草。

不过，尽管花草自己会奋斗，我若置之不理，任其自生自灭，它们多数还是会死了的。我得天天照管它们，像好朋友似的关切它们。一来二去，我摸着一些门道：有的喜阴，就别放在太阳地里；有的喜干，就别多浇水。这是个乐趣，摸着门道，花草养活了，而且三年五载老活着、开花，多么有意思呀！不是乱吹，这就是知识呀！多得些知识，一定不是坏事。

我不是有腿病吗，不但不利于行，也不利于久坐。我不知道花草们受我的照顾，感谢我不感谢；我可得感谢它们。在我工作的时候，我总是写了几十个字，就到院子里去看看，浇浇这棵，搬搬那盆，然后回到屋里再写一点，然后再出去，如此循环，把脑力劳动与体力劳动结合到一起，有益身心，胜于吃药。要是赶上狂风暴雨或者天气突变哪，就得全家动员，抢救花草，十分紧张。几百盆花，都要很快地抢到屋里去，使人腰酸腿疼，热汗直流。第二天，天气好转，又得把花都搬出去，就又一次腰酸腿疼，热汗直流。可是，这多么有意思呀！不劳动，连棵花也养不活，这难道不是真理么？

送牛奶的同志，进门就夸"好香"！这使我们全家都感到骄傲。赶到昙花开放的时候，约几位朋友来看看，更有秉烛夜游的神气——昙花总在夜里开放。花儿分根了，一棵分为数棵，就赠给朋友们一些；看着友人拿走自己的劳动果实，心里自然特别喜欢。

当然，也有伤心的时候，今年夏天就有这么一回。三百株菊秧还在地上（没到移入盆中的时候），下了暴雨。邻居的墙倒了下来，菊秧被砸死者约三十多种，一百多棵！全家都几天没有笑容！

　　有喜有忧，有笑有泪，有花有实，有香有色。既须劳动，又长见识，这就是养花的乐趣。

今日！今日！

□ 李劼人

前年的今日，在世界上，尤其是在中国境内，显然有两种相反的现象表现出来：一是悲哀的，一是欣慰的。

悲哀是正面应有的现象，我们不必说它。因为在前年今日之后，接连好几个月，都有严重的、深切的形势，在各地方表现得很明白，虽然其中不少是应酬式的。

我这里要借机会说的，乃是极其暧昧的反面上的现象，即所谓欣慰的现象是也。

孙中山先生是一个有学问，有思想，有计划，有眼光，而且富有宽大的襟度，坚强的精神，猛进的魄力，为中国近世极罕有的伟人，而绝非吾国因袭想象中的英雄。

他毕生努力的只在"自强"与"反抗"一条线路上。因他生长在自己不长进的积弱的中国，所以最讨厌他的便是那般以侵略为务而骄傲得了不得的所谓帝国主义的强盗们。在诸盗中间，自然以头一个抢入中国，手最辣，心最毒，鼻孔撩得最高的那个英国为顶恶了。它当着强盗头儿，把中国抢了几十年，从未受过主人一声咤叱，久矣夫行所无事的了，哪里想到会有一个尚未握有十分实权，具有百分强力的孙逸仙，居然要拿出主人架子来，说："我要收回海关。"这真是一个震惊。大约比章士钊忽然被段祺瑞提拔了一下，因就受宠若"惊"的那个"惊"还利害得多。恰恰近东的土耳其也居然挺起了腰杆。假若远东的中国再站起来，这打抢的营生，岂不连根子都会动摇了！于是乎，强盗头儿遂把这堂堂正正的主人翁恨入骨髓，随后一想，骇是骇他不倒的，要是真正打起仗来，主人翁的气焰既高，手头的家伙已非复八十年前的羊角叉，二十年前的南阳刀，况乎还有点两拳不敌八手之慨。因而就用下奸计：从荷包里挖出少许的赃银，买了一般不成器的败家子弟，从中捣乱。独惜那般败家子弟都不高明，才一出头，就遭大家的反对，一直弄到无容身之地，而强盗头儿损失了赃银，还说不出口，还加倍的吃惊。

因为种种原故，所以在前年今日之前好久，路透社就高高兴兴捏造起孙逸仙已死的谣言！何幸果然有个前年的今日，他们的欣慰，还能以言语形容吗？

除知强盗头儿英国之外，感此欣慰之情的，自然就是一般大大小小，老老少少，新新旧旧的家贼。这些家贼中间，第一自然就是一般北洋军狗，（我这里说的北洋军狗的范围，并不仅仅限于从小站出身的，并且不仅仅限于长江以北，所谓什么皖系、直系那般东西，就连奉天的匪军，营私自便的联省自治派，仰息北京臭茅厕的一伙地方土匪，都包括在内，谓之北洋，因为他们都是以北洋为正统的原故。）他们自以为咱们的运气好，趁你孙文捣乱，得亏咱们的宫保提拔，尊荣而且大富了，你孙文为什么还想生事？革命只许革一次，把清朝的宣统皇帝革掉也就罢了，你为什么还要革？还要革就是向我们造反……可是你的党羽多，你又会说，平日把你莫计奈何，幸得天老爷有眼睛，你也有今日！这种思想，从段祺瑞、张作霖等人起一直到我们四川的杨森止，都如此。虽然杨森此刻不再"身入敌境"，而喊"此先总理"来了。其次的小贼们，我也得一般一般的给他们代讲出来。只是时间可贵，权且让他们嗳唔着，仅把他们的类别提一提如下：

满奴的余孽等；

袁贼的余党等（专指吃笔墨饭如杨度，以及一伙甘心劝进的东西）；

师爷派的研究系；

弄小巧的政学系；

口口声声说"我们是做官的"一般老官僚新官

僚；

口口声声说"我们在什么言什么"的一般人；

口口声声喊"项城""合肥"……（就四川省外的而言）；

驹"简阳""金堂"……（就四川省内而言）；

吃饱了饭叹人心不古的一般浑虫；

会做骈四俪六，自以为名士得了不得的书办们；

读了几句不哼的书，除《东莱博议》而外，不知有它；

以为做得出一篇"钓者负鱼，鱼何负于钓"式的东西，就是保存国粹的那伙小子；

看隔年皇历的乡约保正们；

赏玩了几年西洋景回来，自以为抱负甚大，其实一事不知的许多留学生们；

还有……

还有……

一时也数不清楚了。

热闹中的记言

□ 李劼人

一、热是真热。即以着笔之今日而言，在上午八点钟，平常家用之寒暑表上，水银已上升到八十六度。闹哩，亦真闹。有嗡嗡之声，有丁丁之声，有镗镗之声，有轰隆之声，乃至于诸般不能用文字写出之声，更不必说从各各高等动物之诸窍中，有意识无意识而发出者。记言云者，说过的话，将其痕迹留下之谓也。原夫话痕之可留者，据说，不必一定是圣经贤传，也不必一定是名人言录、道学先生语录，乃至堂堂正正墙上，用"国色"或苟简一点用白石灰、土红等所大书的"起来""打倒"，一直到尿坑之侧，以瓦片画出的"乱屙尿是龟儿"等等，只要合了时会，或经什么人赏识了，都可留的，且据说，都有留的价值。

二、说话本来很难。无论怎样说法，难免无可诋之漏洞，何况再经一度之翻译。韩柳欧苏八大家，我们何尝不可骂之为狗屁不通，人人所恭维了不得的莎士比亚，而福禄特尔便曾批评之为"狂人醉语"。

三、不过中国老话说的"天子无戏言"。大凡位越高、权越重的角色，哪怕便是一个道地的浑小子，似乎说过的话，便也如灼过火印的一般，是作算的，作算便有至理存焉。

四、然而亦有不然者。即如当今之世，名言伙颐，乃至说一句话，赌一个咒，似乎灼过火印者矣。假如你真个信了，那你起码也是一个道地的浑小子。如今是砭砭然的小人（这小人的涵义是细民），才讲究言哩必信，行哩必果，你懂得吗？

五、所以我们现在但看一个人的话痕，是为艺术而吹吹的吗？抑或是要顾着行的？假如张家狗娃子非常诚恳的向着李家火娃子讲交情，一说一个笑，"你哥子，我兄弟，你不吃，我怄气。"而乘势便踢他一脚，将他油糕夺去，复又从而安慰火娃子曰："咱们要好弟兄，打打夺夺见得什么！别哭，哭了，就生分了。"如此者，张家狗娃子便是名人，而位必高，权必重，其话痕中便有至理存焉。

六、阿Q打不过人，结实挨了之后，心头以为我总打赢了你。这还不算，要是我处此境，尚必说几句硬话曰："你小子打得好！是角色便待着，待我回去了再来！"则无论你待与不待，你都输了；待，是你服从了我的吩咐，不待，你胆怯逃走了，虽然我挨了，而你在论理上都输定了。此之谓"长期抵抗"。假使其间而无至理，我们的伟人名人何至挂在口上？而我亦何至窃取而论之？

七、孟老爹之后的荀老爹说过一句话："乱世之文匿而采"。乱世之至理忒多，而乱世之至理又十九是弯弯的。上海法学名流吴大才子，绞脑汁，挖肾脏，草拟宪法半载，而正名曰："中华民国三民主义共和国"。其中之理或有而未至，或至而无大理，故舆论界乃得而批评之。今得孙科先生出而证明其对，则吴大才子又安得而不对哉！有此一例，其他都可代表矣。

八、谈理之言，且须弯弯而要说得好，更不必说"琐语呓言"了，故其卒也，鲜不为"狂人醉语"。况在又热又闹之中而记言，则所记话痕，是什么价值，从可想矣。以上八条，权作序例，大家愿闻，且待我慢慢的胡说八道。

一九三三年七月十二日

窗

□ 靳 以

在记忆中，窗应该是灵魂上辉耀的点缀。可是当我幼年的时节，像是有些不同，我们当然不是生活在无窗的暗室里，那窗口也大着呢，但是隔着铁栏，在铁栏之外还是木条钉起扇样的护窗板，不但挡住大野的景物，连太阳也遮住了。那时我们正在一个学校里读书，真是像监牢一般地把我们关在里边，顽皮的孩子只有蹲在地上仰起头来才看到外边——那不过是一线青天而已！那时我们那么高兴地听着窗外的市声，甚至还回答窗外人的语言；可是那无情的木板挡住了一切，我们既看不出去，别人也看不进来。

就是在这情形之下，我们长着长着，……

当我们走出来的时候，五光十色使我们的眼睛晕眩了，一时张不开来，胆小的便又逃避般地跳回那间木屋里，情愿把自己关在那一无所见的陋室中；可是我们这些野生野长的孩子们，就做了一名勇敢的闯入者，终于冲到纷杂的人世中去了，凭着那股勇气，不顾一己的伤痛，毕竟能看了，能听了，也能说了。于是当我们再踱入那无窗的，遮住了窗的屋子里，我们就感觉到死一般的室闷。

最使我喜悦的当然是能耸立在高高的山顶，极目四望，那山啊河啊的无非是小丘和细流，一切都收入眼底；整个的心胸全都敞开了，也还不能收容那广阔的天地。一声高啸，树叶的海都为那声音轻轻推动，刹时间，云涌雾滚，自己整个消失在白茫茫之中了，可是我并不慌张，还清楚地知道，仍是挺拔地站在峭峰之上。

可是现实生活却把我们安排在蠢蠢的人世里，我们不能超俗拔尘地活在云端，我们也只好是那些蠕蠕动着的人类之一，即使不想去触犯别人，别人也要来挤你的。用眼睛相瞪，用鼻子相哼，用嘴相斥——几乎都要到了用嘴相咬的地步了。

于是当我过了烦恼的一日，便走回我的房子，这时，一切该安静下来，为着从窗口泻进来的一片月光，我不忍开灯，便静静地坐到窗前，看看远近的山树，还有那日夜湍流的白花花的江水，若是一个无月夜呢，星星像智慧的种子，每一颗都向我闪着，好像都要跃入我灵魂的深处，我很忙碌地把它们迎入我的心胸。

每一个早晨，当我被梦烦苦够了，才一醒来，就伸手推开当头的窗，一股清新的气流随即淌进来了。于是我用手臂支着头，看出去，看到那被露水洗过的翠绿的叶子，还有那垂在叶尖的滚圆的水珠，鸣啭的鸟雀不但穿碎了那片阳光，还把水珠撞击下来，纷纷如雨似地落下去呢！也许有一只莽撞的鸟，从那不曾关闭的窗口飞了进来，于是带来那份自然的生气，它在我那屋顶上圜飞，终于有点慌张了，几次碰到壁角或是粉顶上，我虽然很为它担一份心，可是我也不能指引它一条路再回到那大自然的天地中。我的眼和心也为它匆忙着，它还有那份智巧，朝着流泻光亮的所在飞去，于是它又穿行在蓝天绿树的中间了。我再听不到那急促的鸣叫，有的是那高啭低鸣的万千种鸟底声音，我那么欢喜听，可是我看不见，我只知道少数的几种名字。还有那糅合了多少种的花草的香气，也尽自从窗口涌流进来，是的，我不能再那么懒睡在床上了，我霍地跳起来，也投身到窗外自由的世界中！我知道人类是怎样爱好自然，爱好自由的天地，我还记得，当着病痛使我不得不把自己交给医生的时候，我像一只羊似的半躺在手术台上，更大的疼痛使我忘记我的病痛了，额间的汗珠不断地涨起来，左手抓着右手，我闭紧嘴，我听到刀剪在我的皮肉上剪割的声音，半呆的眼，却定定地望着迎面的大窗，花开了，叶子也绿了，白云无羁绊地飘着，"唉唉，"我心里叫着："我为什么不是那只在枝上跳跃的小鸟呢？那我就不必受这些苦痛了！"

我渐渐也懂得那些被囚禁的信徒们的心，看到从那高高的

窗

081

窗口透进的一柱阳光，便合掌跪在地上，虔诚地以为那就是救主的灵应，大神的光辉，好像那受难的灵魂，便由此而得救似的。是的，他们已经被残暴的罗马君主拘捕了，把一些不该得的罪名全都堆在他们的身上，他们中的一些，早被丢给那凶猛的狮虎，他们只是生活在黑暗潮湿之中，忍住啜泣，泪淌到自己的心里，忽然那光降临了，也许突然间使他们睁不开眼，可是那只是刹那间的事，那是光啊，那是不死的希望啊，那是万能的上帝啊，于是他们自然而然地划着十字跪下去了，求神来接受他们那些纯洁的灵魂吧，他们深知，那被照亮了的灵魂，该永远也不会走上歧途，纵然他们明天也要追随他们同伴的路，丢给那些野兽，或是再加以更惨酷的刑罚，可是他们已经没有畏惧了，他们已经得到整个的拯救。他们把幸福交付给未来，他们眼睛一直望着遥远的所在，追随着光明向远飞去。

可是我并不曾得到拯救，我只有一颗不安定的心。我为每日的工作把背坐弯了，眼看花了，可是我还是在不安宁之中。当我抬起头来，我却得着解放。迎着我的那窗口仿佛是一个自然的镜框，于是我长长地喘了一口气，我的心又舒展开了。我的眼又明亮起来。我把窗外的景物装在我自然的镜框中。我摇动我的头部，因为我具有一份匠心，想把最好的景物装在那中间。我知道蓝天不该太多，也不能都被山撑满，绿色固然象征青春，可是一派树木也显得非常单调，终于我不得不站起来，于是蜿蜒的公路和日夜湍流的江也收在眼底了。我好好安排，在那黑暗的屋顶的上面有轻盈的炊烟，在那一片绿树之中，虽然没有花朵的点缀，却有经霜的乌桕；呆板的大山，却被一抹梦幻般的云雾拦腰围住，江水碧了，正好这时候没有汽车飞驰，公路只是沉静地躺在那里，夕阳又把这些景物罩上一层金光，使它更柔和，更幽美，……我更看到了，在那小桥的边上，还有一株早开的桃花，这还是冬天呢，想不到温暖的风却吹绽了一树红桃。

跟着我像有所触悟似地打了一个寒战，我就急遽地摇去了那株桃花，因为我分明记得，在一个寒冷的早晨，我看到一些人埋葬他们冻死的同伴，就是在那株树下，他们挖了一个坑，那三个死去的人，竟完全和他们来到这个世界的时候一样，精光光的，被丢到那个坟里去了。没有一滴眼泪，没有一声叹息，那正是一个极冷的天，严霜把屋顶盖白了，树木变成淡绿的颜色，江水好像油一般地凝住了，芭蕉已经转成枯黑，死沉沉地垂萎下来！……

如今，水绿了，活泼地流着，枯死的芭蕉又冒出尖细的长叶，那些被埋在地下的人，却使那棵树早着了无数朵红花！想象着它也该早结成累累的果实，饱孕着血一般的汁液的果实，我不忍吃，我也不忍看，我已经急速地把它抛在我那自然的镜框之外了。

可是现在，我那自然的镜框只有一片黑暗，因为这正是夜晚，我已经伏案许久了，跳动的灯火使我的眼睛酸痛，我就放下笔，推开了窗，正是月半。该有一幅清明的夜景，不料乌云障住了整个的天，凡是发光的全都隐晦了，我万分失望，不愉快地摇着头，当我的头偏过去，我突然看到在那不注意的高角上，有一点红红的野火，那是烧在山顶上，却也映在水面。红茸茸的一团，高高地顶在峰尖，它好像不是摧毁万物的火，也不是博得美人一笑而使诸侯愤怒的火，也不是使罗马城化成灰烬而引起暴君尼罗王的诗兴的火；它是那个普洛米修士从大神宙斯那里偷来送给人间的，它是那把光明撒给大地的火。

我尽顾书写，当我抬起头来，那火已经好像点在岭巅的一排明灯，使黑暗的天地顿时辉耀起来了。

一九四二年二月二日

萤

□ 靳　以

　　郁闷的无月夜，不知名的花的香更浓了，炎热也愈难耐了。千千万万的萤火在黑暗的海中漂浮着。那像亮在泡沫的尖顶上的一点雪白的水花，也像是照映在海面上群星的身影。我仰起头来，天上果真就嵌满了星星，都在闪着。星是天间的萤的身影呢，还是萤是地上的星的身影？但是它们都发着光，虽然很微细，却也为夜行人照亮眼前的路。路是很平坦，入了夜，该是毒物的世界，不是曾经看见过一尾赤练蛇横在路的中央么？它不一定要等待人们去侵犯它才张口来咬的，它就是等在那里，遇到什么生物也不放过，它是依靠吞噬他人的生命才得生存的。

可是萤却高高低低浮在空中，不但为人照亮了路边的深坑，也为人照出僵卧的毒蛇，使过路人知所趋避。群星在天上，也用忧愁而关心的眼睛望着，它自知是发光的，就更把眼睁大了（因为疲倦，所以不得不一眨一眨的），它恨不得大声喊出来，告诉人们："在地上，夜是精灵的世界，回到你们的家中去吧，等待太阳出来了再继续你们的行程。"

可是它没有声音，因为风静止着，森林也只得守着它们的沉默。田间的水流，也因为干涸，停止它们的潺潺了。在地上，在黯黑的夜里，只有蛙发着聒噪的鸣叫，那是使人觉得郁热更其难耐，黑夜更其无边的。守在路中的蛇也在嘶嘶地叫着，怕也因为没有猎取物而感到不耐吧？它也许意识到萤火对它是不利的，便高昂起头来，想用那吞吐的毒舌吸取一只两只。可是可爱的萤火，早自飞到高处去了。向上看，那毒蛇才又看到天上闪烁着那么多发光的眼睛，一切光，原来都是使人类幸福的，它就不得不颓然又垂下头，扭着那斑驳的身躯，不情愿地回到自己的洞穴中去了。

那成千成万的萤火虫，却一直愉快地飘着，向上飞在高空中，它的光显得细弱了。它还是落到地上来。落在树枝上，使人们看到肥大的绿叶间还有一丛丛的花朵，那香气该是它们发散出来的吧？落在路边的草上，映出那细瘦的叶尖和那上面栖息着的一只小甲虫。落在老人的胡须上，孩子更会稚气地叫着："看，胡子像烟斗似的烧起来了，一亮一亮的。"落在骄傲的孩子的发际，她就便得意地说："看我的头上簪了星星！"

它们就是这样成夜地忙碌着，在黯黑的世界中穿行；当着太阳的光重复来到大地，它们就和天际的星星互道着辛苦隐下去了，等待黯夜复来的时候再为人类献出它们微弱的光辉。

红　烛

□ 靳　以

　　为了装点这凄清的除夕，友人从市集上买来一对红烛。划一根火柴，便点燃了，它的光亮立刻就劈开了黑暗，还抓破了沉在角落上阴暗的网。

　　在跳跃的火焰中，我们互望着那照映得红红的脸，只是由于这光亮呵，心也感到温暖了。

　　可是户外赤裸着的大野，忍受着近日来的寒冷，忍受那无情的冻雨，也忍受那地上滚着的风，还忍受着黑夜的重压，它沉默着，没有一点音响，像那个神话中受难的巨人。

　　红烛仍在燃着，它的光愈来愈大了，它独自忍着那煎熬的苦痛，使自身遇到灭亡的劫数，却把光亮照着人间。我们用幸福的眼互望着，虽然我们不像孩子那样在光亮中自由地跳跃，可是我们的心是那么欢愉。它使我们忘记了寒冷，也忘记了风雨，还忘记了黑夜；它只把我们领到和平的境界中，想着孩子的时代，那天真无邪的日子，用朴质的心来爱别人，也用那纯真的心来憎恨。用孩子的心来织造理想的世界，为什么有虎狼一般的爪牙呢？为什么有那一双血红的眼睛呢？为什么有鲜血和死亡呢？为什么有压迫和剥削呢？大人们难道不能相爱着活下去么？

可是突然，不知道是哪里的一阵风，吹熄了那一对燃着的红烛。被这不幸的意外所袭击，记忆中的孩子的梦消失了，我和朋友都噤然无声，只是紧紧地握着手。黑暗又填满了这间屋子。那风还不断地吹进来，斜吹的寒雨仿佛也有一点两点落在我的脸上和手上。凄惶的心情盖住我，我还是凝视着那余烬的微光，终于它也无声地沉在黑暗中了。

我们还是静静地坐着，眼前只是一片黑，怎么样还能想得到那一对辉煌的红烛呢？怎么样还能想得到那温煦的火亮呢？什么都没有了，一切都消失了，我们只是静静地坐着。

于是我又想到原来我们是住在荒凉的大野呵，望出去重叠着的是近山和远山，那幽暗的深谷像藏着莫测的诡秘，那狰狞的树林也是无日无夜地窥伺着我们这里，日间少行人，夜里也难得有一个火亮的，我们原来是把自己丢在这个寂寞所在，而今我们又被无情的寒风丢在黑暗之中。

我们还只是坚强地坐着，耐心地等待着，难说这黑夜真是无尽的么？不是再没有雨丝吹进来了么？不是瓦上檐间的淅沥的雨底低语已经停止了么？风是更大了，林树在呼号着，可是它正可以吹散那一天乌云，等着夜蚀尽了，一个火红的太阳不是就要出来么？"是，太阳总要出来的，黑夜还是要消失的！"我暗自叫着，于是不再惋惜那一对熄了的红烛，只是怀了满胸热望，等待着将出的太阳。

一九四一年冬

唯一的听众

□ 郑振铎

　　用父亲和妹妹的话来说，我在音乐方面简直是一个白痴。这是他们在经受了数次"折磨"之后下的结论。在他们听起来，我拉小夜曲就像在锯床腿。这些话使我感到十分沮丧。我不敢在家里练琴了。我发现了一个练琴的好地方，就在楼区后面的小山上，那儿有一片林子，地上铺满了落叶。

　　一天早晨，我蹑手蹑脚地走出家门，心里充满了神圣感，仿佛要去干一件非常伟大的事情。林子里静极了。沙沙的足音，听起来像一曲悠悠的小令。我在一棵树下站好，庄重地架起小提琴，像一个隆重的仪式，拉响了第一支曲子。

　　但很快我就沮丧了，我似乎又将那把锯子带到了林子里。

当我感觉到身后有人并转过身时，吓了一跳，一位极瘦极瘦的老妇人静静地坐在一张木椅上，她双眼平静地望着我。我的脸顿时烧起来，心想这么难听的声音一定破坏了这林中和谐的美，一定破坏了这老人正独享的幽静。

我抱歉地冲老人笑了笑，准备溜走。老人叫住我，她说，"是我打搅了你了吗？小伙子。不过，我每天早晨都在这儿坐一会儿。"一束阳光透过叶缝照在她的满头银丝上。"我猜想你一定拉得非常好，只可惜我的耳朵聋了。如果不介意我在场的话，请继续吧。"

我指了指琴，摇了摇头，意思是说我拉不好。

"也许我会用心去感受这音乐。我能做你的听众吗？每天早晨？"

我被这位老人诗一般的语言打动了；我羞愧起来，同时暗暗有了几分信心。嘿，毕竟有人夸我了，尽管她是一个可怜的聋子。我于是继续拉了起来。

以后，每天清晨，我都到小树林里去练琴，面对我唯一的听众，一位耳聋的老人。她一直很平静地望着我。我停下来时，她总不忘说一句："真不错。我的心已经感受到了。谢谢你，小伙子。"我心里洋溢着一种从未有过的感觉。

很快我就发觉我变了。从我紧闭小门的房间里，常常传出基本练习曲。若在以前，妹妹总会敲敲门，装作一副可怜的样子说："求求你，饶了我吧！"我现在已经不在乎了。我站得很直，两臂累得又酸又痛，汗水早就湿透了衬衣。但我不会坐在木椅子上练习，而以前我会的。不知为什么，总使我感到忐忑不安、甚至羞愧难当的是每天清晨我都要面对一个耳聋的老妇人全力以赴地演奏；而我唯一的听众也一定早早地坐在木椅上等我了，并且有一次她竟说我的琴声能给她带来快乐和幸福。更要命的是我常常会忘记了她是个可怜的聋子！

我一直珍藏着这个秘密，直到有一天，我的一曲《月光奏鸣曲》让专修音乐的妹妹感到大吃一惊，从她的表情中我知道她的感觉一定不是在欣赏锯床腿了。妹妹逼问我得到了哪位名师的指点。我告诉她："是一位老太太，就住在 12 号楼，非常瘦，满头白发，不过——她是一个聋子。""聋子？"妹妹惊叫起来，"聋子！多么荒唐！她是音乐学院最有声望的教授，更重要的，曾是乐团的首席小提琴手，而你竟说她是聋子！"

我一直珍藏着这个秘密。珍藏着一位老人美好的心灵。每天清晨，我总是早早地来到林子里，然后静静拉起一支优美的曲子。我感觉我奏出了真正的音乐，那些美妙的音符从琴弦上缓缓流淌着，充满了整个林子，充满了整个心灵。我们没有交谈过什么，只是在这个美丽的早晨，一个人轻轻地拉，一个人静静地听。

我看着这位老人安详地靠着木椅上，微笑着，手指悄悄打着节奏。我全力以赴地演奏，也许会给老人带来一丝快乐和幸福。她慈祥的眼睛平静地望着我，像深深的潭水在静静地流动着。

后来，我已经能足够熟练地操纵小提琴，它是我永远无法割舍的爱好。在不同的时期，我总会遇到一些大家组织的文艺晚会，我也有了机会面对成百上千的观众演奏小提琴曲。我总是不由地想起那位耳"聋"的老人，那清晨里我唯一的听众……

唯一的听众

愁情一缕付征鸿

□ 庐 隐

鞶：

你想不到我有冒雨到陶然亭的勇气吧！妙极了，今日的天气，从黎明一直到黄昏，都是阴森着，沉重的愁云紧压着山尖，不由得我的眉峰蹙起，——可是在时刻挥汗的酷暑中，忽有这么仿佛秋凉的一天，多么使人兴奋！汗自然地干了，心头也不会燥热得发跳；简直是初赦的囚人，四围顿觉松动。

鞶！你当然理会得，关于我的僻性，我是喜欢暗淡的光线和模糊的轮廓，我喜欢远树笼烟的画境，我喜欢晨光熹微中的一切，天地间的美，都在这不可捉摸的前途里，所以我最喜欢"笑而不答心自闲"的微妙人生。雨丝若笼雾的天气，要比丽日当空时玄妙得多呢！

今日我的工作，比任何一天都多，成绩都好。当我坐在公事房的案前，翠碧的树影，横映于窗间，刷刷的雨滴声，如古琴的幽韵，我写完了一篇温妮的故事，心神一直浸在冷爽的雨境里。

雨丝一阵紧，一阵稀，一直落到黄昏，忽在叠云堆里，露出一线淡薄的斜阳，照在一切沐浴后的景物上，真的，颦！比美女的秋波还要清丽动怜，我真不知怎样形容才恰如其分，但我相信你总领会得，是不是？

这时君素忽来约我到陶然亭去，颦！你当然深切地记得陶然亭的景物——万顷芦田，翠苇已有人高。我们下了车，慢慢踏着湿润的土道走着，从苇隙里已看见白玉石碑矗立，呵！颦！我的灵海颤动了，我想到千里外的你，更想到隔绝人天的涵和辛。我悲郁地长叹，使君素诧异，或者也许有些惘然了。他悄悄对我望着，而且他不让我多在辛的墓旁停留，真催得我紧！我只得跟着他走了；上了一个小土坡，那便是鹦鹉冢，我蹲在地下，细细辨认鹦鹉曲。颦！你总明白北京城我的残痕最多，这陶然亭，更深深地埋葬着不朽的残痕。五六年前的一个秋晨吧；蓼花开得正好，梧桐还不曾结子，可是翠苇比现在还要高，我们在这里履行最凄凉的别宴，自然没有很丰盛的筵席。并且除了我和涵也更没有第三人。我们带来一瓶血色的葡萄酒和一包五香牛肉干，也还有几个辛酸的梅子。我们来到鹦鹉冢旁，把东西放下，搬了两块白石，权且坐下。涵将酒瓶打开，我用小玉杯倒了满满的一盏，鹦鹉冢前，虔诚的礼祝后，就把那一盏酒竟洒在鹦鹉冢旁。这也许没有什么意义，但是如今这印象兀自深印心头呢！

我祭奠鹦鹉以后，涵似乎得了一种暗示，他握着我的手说："音！我们的别宴不太凄凉吗？"我自然明白他言外之意，但是我不愿这迷信是有证实的可能。我咽住凄意笑道："我闹着玩呢，你别管那些，咱们喝酒吧，你不是说在你离开之先，要在我面前一醉吗？好，涵！你尽量地喝吧。"他果然拿起杯子，连连喝了几杯，他的量最浅，不过三四杯的葡萄酒，他已经醉了——两颊红润得如黄昏时的晚霞，他闭眼斜卧在草地上，我坐在他的身旁，把剩下大半瓶的酒，完全喝了；我由不得想到涵明天就要走了，离别是什么滋味？那孤零如沙漠中的旅人吗？无人对我的悲叹注意，无人为我的不眠嘘唏！我颤抖，我失却一切矜持的力，我悄悄地垂泪。涵睁开眼对我怔视，仿佛要对我剖白什么似的，但他始终未哼出一个字，他用手帕紧紧捂住脸，隐隐透出啜泣之声，这旷野荒郊充满了幽厉之凄音。

犟！悲剧中的一角之造成，真有些自甘陷溺之愚蠢，但自古到今，有几个能自拔？这就是天地缺陷的唯一原因吧！

我在鹦鹉冢旁眷怀往事，心痕暴裂。犟！我相信如果你在眼前，我必致放声痛哭，不过除了在你面前，我不愿向人流泪，况且君素又催我走，结果我咽下将要崩泻的泪液。我们绕过了芦堤，沿着土路走到群冢时，细雨又轻轻飘落，我冒雨在晚风中悲嘘。犟！呵！我实在觉得羡慕你，辛的死，为你遗留下整个的爱，使你常在憧憬的爱园中踯躅，那满地都开着紫罗兰的花，常有爱神出没其中，永远是圣洁的。我的遭遇，虽有些像你，但是比着你逊多了。我不能将涵的骨殖，葬埋在我所愿他葬埋的地方，他的心也许是我的，但除了这不可捉摸的心以外，一切都受了牵掣，我不能像你般替他树碑，也不能像你般，将寂寞的心泪，时时浇洒他的墓土。呵！鞶！我真觉得自己可怜！我每次想痛哭，但是没有地方让我恣意地痛哭。你自然记得，我屡次想伴你到陶然亭去，你总是摇头说："你不用去吧！"鞶！你怜惜我的心，我何尝不知道，因此我除了那一次醉后痛快的哭过，到如今我一直抑积着悲泪，我不敢让我的泪泉溢出。鞶！你想这不太难堪吗？世界上的悲情，就有过于要哭而不敢哭的呢？你虽是怜惜我，但你也曾想到这怜惜的结果吗？

我也知道，残情是应当将它深深地埋葬，可恨我是过分的懦弱，眉目间虽时时含有英气，可济什么事呢？风吹草动，一点禁不住撩拨呵！

雨丝越来越紧，君素急要回去，我也知道在这里守着也无味；跟着他离开陶然亭。车子走了不远，我又回头前望，只见丛芦翠碧，雨雾幂幂，一切渐渐模糊了。

到家以后，大雨滂沱，君素也不能回去，我们坐在书房里，君素在案上写字，我悄悄坐在沙发上沉思。鞶呵！我们相隔千里，我固然不知道你那时在做什么；可是我想你的心魂，日夜萦绕着陶然亭旁的孤墓呢！人间是空虚的，我们这种摆脱不开，聪明人未免要笑我们多余——有时我自己也觉得似乎多余！然而只有鞸你能明白：这绵绵不尽的哀愁，在我们有生之日，无论如何，是不能扫尽抛开的呵！

我往往想做英雄——但此念越强，我的哀愁越深，为人类流同情的泪，固然比较一切伟大，不过对于自身的伤痕，不知抚摸悯惜的人，也绝对不是英雄。鞸，我们将来也许能做英雄，不过除非是由辛和涵使我们在悲愁中扎挣起来，我们绝不会有受过陶炼的热情，在我们深邃的心田中蒸勃呢！

我知道你近来心绪不好，本不应再把这些近乎撩拨的话对你诉说，然而我不说，便如鲠在喉，并且我痴心希望，说了后可以减少彼此的深郁的烦纡，所以这一缕愁情，终付征鸿，鞸呵！请你恕我吧！

云音 七月十五日写于灰城

夜的奇迹

□ 庐　隐

　　宇宙僵卧在夜的暗影之下，我悄悄地逃到这黑黑的林丛——群星无言，孤月沉默，只有山隙中的流泉潺潺溅溅的悲鸣，仿佛孤独的夜莺在哀泣。

　　山巅古寺危立在白云间，刺心的钟磬，断续的穿过寒林，我如受弹伤的猛虎，奋力地跃起，由山麓窜到山巅。我追寻完整的生命，我追寻自由的灵魂，但是夜的暗影，如厚幔般围裹住，一切都显示着不可挽救的悲哀。吁！我何爱惜这被苦难剥蚀将尽的尸骸？我发狂似的奔回林丛，脱去身上血迹斑斓的征衣，我向群星忏悔，我向悲涛哭诉！

　　这时流云停止了前进，群星忘记了闪烁，山泉也住了呜咽，一切一切都沉入死寂！

我绕过丛林，不期来到碧海之滨，呵！神秘的宇宙，在这里我发现了夜的奇迹。

黑黑的夜幔轻轻的拉开，群星吐着清幽的亮光，孤月也踯躅于云间，白色的海浪吻着翡翠的岛屿，五彩缤纷的花丛中隐约见美丽的仙女在歌舞，她们显示着生命的活跃与神妙！

我惊奇，我迷惘，夜的暗影下，何来如此的奇迹！

我怔立海滨，注视那岛屿上的美景，忽然从海里涌起一股凶浪，将岛屿全个淹没，一切一切又都沉入在死寂！

我依然回到黝黑的林丛——群星无言，孤月沉默，只有山隙中的流泉潺潺溅溅的悲鸣，仿佛孤独的夜莺在哀泣。

吁！宇宙布满了罗网，任我百般扎挣，努力的追寻，而完整的生命只如昙花一现，最后依然消逝于恶浪，埋葬于尘海之心。自由的灵魂，永远是夜的奇迹！——在色相的人间，只有污秽与残酷，吁！我何爱惜这被苦难剥蚀将尽的尸骸——总有一天，我将焚毁于我自己郁怒的灵焰，抛这不值一钱的脓血之躯，因此而释放我可怜的灵魂！

这时我将摘下北斗，抛向阴霾满布的尘海。

我将永远歌颂这夜的奇迹！

春的警钟

□ 庐　隐

不知哪一夜，东风逃出它美丽的皇宫，独驾祥云，在夜的暗影下，窥伺人间。

那时宇宙的一切正偃息于冷凝之中，东风展开它的翅儿向人间轻轻扇动，圣洁的冰凌化成柔波，平静的湖水唱出潺溅的恋歌！

不知哪一夜，花神离开了她庄严的宝座，独驾祥云，在夜的暗影下，窥伺人间。

那时宇宙的一切正抱着冷凝枯萎的悲伤，花神用她挽回春光的手段，剪裁绫罗，将宇宙装饰得嫣红柔绿，胜似天上宫阙，她悄立万花丛中，赞叹这失而复得的青春！

不知哪一夜，司钟的女神，悄悄的来到人间！

那时人们正饮罢毒酒，沉醉于生之梦中，她站在白云端里敲响了春的警钟。这些迷惘的灵魂，都从梦里惊醒，呆立于尘海之心，——风正跳舞，花正含笑，然而人类却失去了青春！

他们的心已被冰凌刺穿，他们的血已积成了巨澜，时时鼓起腥风吹向人间！

但是司钟的女神，仍不住声地敲响她的警钟，并且高叫道：

        青春！青春！你们要捉住你们的青春！

        它有美丽的翅儿，善于逃遁，

        在你们踌躇的时候，它已逃去无踪！

        青春！青春！你们要捉住你们的青春！

世界受了这样的警告，人心撩乱到无法医治。

然而，不知哪一夜，东风已经逃回它美丽的皇宫。

不知哪一夜，花神也躲避了悲惨的人间！

不知哪一夜，司钟的女神，也不再敲响她的警钟！

青春已成不可挽回的运命，宇宙从此归复于萧杀沉闷！

秋　声

□　庐　隐

我曾醋睡于芬芳的花心，周围环绕着旖旎的花魂，和美丽的梦影，我曾翱翔于星月之宫，我歌唱生命的神秘，那时候正是芳草如茵，人醉青春！

不知几何年月，我为游戏来到人间，我想在这里创造更美丽的梦境，更和谐的人生。谁知不幸，我走的是崎岖的路程，那里没有花没有树，只有墙颓瓦碎的古老禅林，一切法相，也只剩了剥蚀的残身！

我踯躅于憧憧的鬼影之中，眷怀着绮丽的旧梦，忽然吹来一阵歌声，嘹栗而凄清，它似一把神秘的钥匙，掘起我心深处的伤痛。

我如荒山的一颗陨星，从前是有着可贵的光耀，而今已消失无踪！

我如深秋里的一片枯叶，从前虽有着可爱的青葱，而今只飘零随风！

可怕的秋声！世间竟有幸福的人，他们正期望着你的来临，但，请你千万莫向寒窗悲吟，那里面正昏睡着被苦难压迫的病人，他的一切都埋没于华年的匆匆，而今是更荷着一切的悲愁，正奔赴那死的途程。这阵阵的悲吟怕要唤起他葬埋了的心魂，徘徊于哀伤的荒冢！

呵！秋声！你吹破青春的忧境，你唤醒长埋的心魂——这原是运命的播弄，我何敢怒你的残忍！

星　夜

□ 庐　隐

在璀璨的明灯下，华筵间，我只有悄悄地逃逝了，逃逝到无灯光，无月彩的天幕下。丛林危立如鬼影，星光闪烁如幽萤，不必伤繁华如梦，——只这一天寒星，这一地冷雾，已使我万念成灰，心事如冰！

唉！天！运命之神！我深知道我应受的摆布和颠连，我具有的是夜莺的眼，不断地在密菁中寻觅，我看见幽灵的狞羡，我看见黑暗中的灵光！

唉！天！运命之神！我深知道我应受的摆布与颠连，我具有的是杜鹃的舌，不断地哀啼于花荫。枝不残，血不干，这艰辛的旅途便不曾走完！

星
夜

唉！天！运命之神！我深知道我应受的摆布与颠连，我具有的是深刻惨凄的心情，不断地追求伤毁者的呻吟与悲哭——这便是我生命的燃料，虽因此而灵毁成灰，亦无所怨！

唉！天！运命之神！我深知道我应受的摆布与颠连，我具有的是血迹狼藉的心和身，纵使有一天血化成青烟。这既往的鳞伤，料也难掩埋！咳！因之我不能慰人以柔情，更不能予人以幸福，只有这辛辣的心锥时时刺醒人们绮丽的春梦，将一天欢爱变成永世的诅咒！自然这也许是不可避免的报复！

在璀璨的明灯下，华筵间，我只有悄悄逃逝了！逃逝到无灯光，无月彩的天幕下。丛林无光如鬼影，星光闪烁如幽萤，我徘徊黑暗中，我踯躅星夜下，我恍如亡命者，我恍如逃囚，暂时脱下铁锁和镣铐。不必伤繁华如梦——只这一天寒星，这一地冷雾，已使我万念成灰，心事如冰！

夏的颂歌

□ 庐　隐

　　出汗不见得是很坏的生活吧，全身感到一种特别的轻松。尤其是出了汗去洗澡，更有无穷的舒畅。仅仅为了这一点，我也要歌颂夏天。

　　其久被压迫，而要挣扎过——而且要很坦然地过去，这也不是毫无意义的生活吧，——春天是使人柔困，四肢瘫软，好像受了酒精的毒，再也无法振作；秋天呢，又太高爽，轻松使人忘记了世界上有骆驼——说到骆驼，谁也忘不了它那高峰凹谷之间的重载，和那慢腾腾，不尤不怨地往前走的姿势吧！

　　冬天虽然是风雪严厉，但头脑尚不受压轧。只有夏天，它是无隙不入地压迫你，你每一个毛孔，每一根神经，都受着重

夏的颂歌

107

大的压轧；同时还有臭虫蚊子苍蝇助虐的四面夹攻，这种极度紧张的夏日生活，正是训练人类变成更坚强而有力量的生物。因此我又不得不歌颂夏天！

二十世纪的人类，正度着夏天的生活——纵然有少数阶级，他们是超越天然，而过着四季如春享乐的生活，但这太暂时了，时代的轮子，不久就要把这特殊的阶级碎为齑粉！——夏天的生活是极度紧张而严重，人类必要努力地挣扎过，尤其是我们中国不论士农工商军，哪一个不是喘着气，出着汗，与紧张压迫的生活拼命呢？脆弱的人群中，也许有诅咒，但我却认为只有虔敬地承受。我们尽量地出汗，我们尽量地发泄我们生命之力，最后我们的汗液，便是甘霖的源泉，这炎威逼人的夏天，将被这无尽的甘霖所毁灭，世界变成清明爽朗。

夏天是人类生活中，最雄伟壮烈的一个阶段，因此，我永远地歌颂它。

泪与笑

匆匆过了二十多年，我自然也是常常哭，常常笑，别人的啼笑也看过无数回了。可是我生平不怕看见泪，自己的热泪也好，别人的呜咽也好；对于几种笑我却会惊心动魄，吓得连呼吸都不敢大声，这些怪异的笑声，有时还是我亲口发出的。当一位极亲密的朋友忽然说出一句冷酷无情冰一般的冷话来，而且他自己还不知道他说的会使人心寒，这时候我们只好哈哈哈莫名其妙地笑了，因为若使不笑，叫我们怎么样好呢？我们这个强笑或者是出于看到他真正的性格（他这句冷语所显露的）和我们先前所认为的他的性格的矛盾，或者是我们要勉强这么一笑来表示我们是不会给他的话所震动，我们自己另有一个超

（竖排右下）泪与笑

乎一切的生活，他的话是不能损坏我们于毫发的，或者……但是那时节我们只觉到不好不这么大笑一声，所以才笑，实在也没有闲暇去仔细分析自己了。当我们心里有说不出的苦痛缠着，正要向人细诉，那时我们平时尊敬的人却用个极无聊的理由（甚至于最卑鄙的）来解释我们这穿过心灵的悲哀，看到这深深一层的隔膜，我们除开无聊赖地破涕为笑，还有什么别的办法吗？有时候我们倒霉起来，整天从早到晚做的事没有一件不是失败的，到晚上疲累非常，懊恼万分，悔也不是，哭也不是，也只好咽下眼泪，空心地笑着。我们一生忙碌，把不可再得的光阴消磨在马蹄轮铁，以及无谓敷衍之间，整天打算，可是自己不晓得为甚这么费心机，为了要活着用尽苦心来延长这生命，却又不觉得活着到底有何好处，自己并没有享受生活过，总之黑漆一团活着，夜阑人静，回头一想，哪能够不吃吃地笑，笑时感到无限的生的悲哀。就说我们淡于生死了，对于现世界的厌烦同人事的憎恶还会像毒蛇般蜿蜒走到面前，缠着身上，我们真可说倦于一切，可惜我们也没有爱恋上死神，觉得也不值得花那么大劲去求死，在此不生不死心境里，只见伤感重重来袭，偶然挣些力气，来叹几口气，叹完气免不了失笑，那笑是多么酸苦的。这几种笑声发自我们的口里，自己听到，心中生个不可言喻的恐怖，或者又引起另一个鬼似的狞笑。若使是由他人口里传出，只要我们探讨出它们的源泉，我们也会惺惺惜惺惺而心酸，同时害怕得全身打战。此外失望人的傻笑，下头人挨了骂对于主子的赔笑，趾高气扬的热官对于贫贱故交的冷笑，老处女在他人结婚席上所呈的干笑，生离永别时节的苦笑——这些笑全是"自然"跟我们为难，把我们弄得没有办法，我们承认失败了的表现，是我们心灵的堡垒下面刺目的降幡。莎士比亚的妙句"对着悲哀微笑"（*smiling at grief*）说尽此中的苦况。拜伦在他的杰作《唐·璜》里有二句：

Of all tales 'tis the saddest——and more sad,

Because it makes us smile.

　　这两句是我愁闷无聊时所喜欢反复吟诵的，因为真能传出"笑"的悲剧的情调。

　　泪却是肯定人生的表示。因为生活是可留恋的，过去是春天的日子，所以才有伤逝的清泪。若使生活本身就不值得我们的一顾，我们哪里会有惋惜的情怀呢？当一个中年妇人死了丈夫时候，她号啕地大哭，她想到她儿子这么早失丢了父亲，没有人指导，免不了伤心流泪，可是她隐隐地对于这个儿子有无穷的慈爱同希望。她的儿子又死了，她或者会一声不响地料理丧事，或者发疯狂笑起来，因为她已厌倦于人生，她微弱的心已经麻木死了。我每回看到人们的流泪，不管是失恋的刺痛，或者丧亲的悲哀，我总觉人世真是值得一活的。眼泪真是人生的甘露。当我是小孩时候，常常觉得心里有说不出的难过，故意去臆造些伤心事情，想到有味时候，有时会不觉流下泪来，那时就感到说不出的快乐。现在却再寻不到这种无根的泪痕了。哪个有心人不爱看悲剧，亚里士多德所说的净化的确不错。我们精神所纠结郁积的悲痛随着台上的凄惨情节发出来，哭泣之后我们有形容不出的快感，好似精神上吸到新鲜空气一样，我们的心灵忽然间呈非常健康的状态。果戈里的著作人们都说是笑里有泪，实在正是因为后面有看不见的泪，所以他小说会那么诙谐百出，对于生活处处有回甘的快乐。中国的诗词说高兴赏心的事总不大感人，谈愁语恨却是易工，也由于那些怨词悲调的泪的结晶，有时会逗我们洒些同情的泪，所以亡国的李后主，感伤的李义山始终是我们爱读的作家。天下最爱哭的人莫过于怀春的少女同情海中翻身的青年，可是他们的生活是最有力，色彩最浓，最不虚过的生活。人到老了，生活力渐渐消磨尽了，泪泉也干了，剩下的只是无可无不可那种行将就木的心境和好像慈祥实在是生的疲劳所产生的微笑——我所怕的微笑。十八世纪初期浪漫派诗人格雷在他的 *On a Distant Prospect of Eton College* 里说：

> 流下也就忘记了的泪珠，
> 那是照耀心胸的阳光。
> The tear forgot as soon as shed,
> The sunshine of the breast.

这些热泪只有青年才会有，它是同青春的幻梦同时消灭的，泪尽了，个个人心里都像苏东坡所说的"存亡惯见浑无泪"那样的冷淡了，坟墓的影已染着我们的残年。

天真与经验

□ 梁遇春

　　天真和经验好像是水火不相容的东西。我们常以为只有什么经验也没有的小孩子才会天真，他那位饱历沧桑的爸爸是得到经验，而失掉天真了。可是，天真和经验实在并没有这样子不共戴天，它们俩倒常常是聚首一堂。英国最伟大的神秘诗人勃来克著有两部诗集：《天真的歌》（ *Songs of Innocence* ）同《经验的歌》（ *Songs of Experience* ）。在《天真的歌》里，他无忧无虑地信口唱出晶莹甜蜜的诗句，他简直是天真的化身，好像不晓得世上是有龌龊的事情的。然而在经验的歌里，他把人情的深处用简单的词句表现出来，真是找不出一个比他更有世故的人了，他将伦敦城里扫烟囱小孩子的穷苦，娼妓的厄运说得辛酸凄迷，可说是看尽人世间的烦恼。可是他始终仍然是那么天真，他还是常常亲眼看见天使；当他的工作没有做得满意时候，他就同他的妻子双双跪下，向上帝祈祷。他快死的前几天，那时他结婚已经有四十五年了，一天他看着他的妻子，忽然拿起铅笔叫道："别动！在我眼里你一向是一个天使，我要把你画下。"他就立刻画出她的相貌。这是多么天真的举动。尖酸刻毒的斯惠夫特写信给他那两位知心的女人时候，的确是十足的孩子气，谁去念 *The Journal to Stella* 这部书信集，也不会想到写这信的人就是 *Gullivers Travel's* 的作者。斯蒂芬生在他的小品文集《贻青年少女》(*Virginibus Puerisque*) 中，说了许多世故老人的话，尤其是对于婚姻，讲有好些叫年青的爱人们听着会灰心的冷话。但是他却没有失丢了他的童心，他能够用小孩子的心情去叙述海盗的故事，他又能借小孩子的口气，著出一部《小孩的诗园》(*A Child's Garden of Verses*)，里面充满着天真的空气，是一本儿童文学的杰作。可见确然吃了知识的果，还是可以在乐园里逍遥到老。我们大家并不是个个人都像亚当先生那么不幸。

也许有人会说，这班诗人们的天真是装出来的，最少总有点做作的痕迹，不能像小孩子的天真那么浑脱自然，毫无心机。但是，我觉得小孩子的天真是靠不住的，好像个很脆的东西，经不起现实的接触。并且当他们才发现出人情的险诈同世路的崎岖时候，他们会非常震惊，因此神经过敏地以为世上除开计较得失利害外是没有别的东西的，柔嫩的心或者就这么麻木下去，变成个所谓值得父兄赞美的少年老成人了。他们从前的天真是出于无知，值不得什么赞美的，更值不得我们欣羡。桌子是个一无所知的东西，它既不晓得骗人，更不会去骗人，为什么我们不去颂扬桌子的天真呢？小孩子的天真跟桌子的天真并没有多大的分别。至于那班已坠世网的人们的天真就不大同了。他们阅历尽人世间的纷扰，经过了许多得失哀乐，因为看穿了鸡虫得失的无谓，又知道在太阳底下是难逢笑口的，所以肯将一切利害的观念丢开，来任口说去，任性做去，任情去欣赏自然界的快乐。他们以为这样子痛快地活着才是值得的。他们把心机看做是无谓的虚耗，自然而然会走到忘机的境界了。他们的天真可说是被经验锻炼过了，仿佛像在八卦炉里蹲过，做成了火眼金睛的孙悟空。人世的波涛再也不能将他们的天真卷去，他们真是"世路如今已惯，此心到处悠然"，这种悠然的心境既然成为习惯，习惯又成天然，所以他们的天真也是浑脱一气，没有刀笔的痕迹的。这个建在理智上面的天真绝非无知的天真所可比拟的，从无知的天真走到这个超然物外的天真，这就全靠着个人的生活艺术了。

忽然记起我自己去年的生活了，那时我同G常作长夜之谈。有一晚电灯灭后，蜡烛上时，我们搓着睡眼，重新燃起一斗烟来，就谈着年青人所最爱谈的题目——理想的女人。我们不约而同地说道最可爱的女子是像卖解，女优，歌女等这班风尘人物里面的痴心人。她们流落半生，看透了一切世态，学会了万般敷衍的办法，跟人们好似是绝不会有情的，可是若使她们真真爱上了一个情人，她们的爱情比一般的女子是强万万倍的。她们不像没有跟男子接触过的女子那样盲目，口是心非的甜言蜜语骗不了她们，暗地皱眉的热烈接吻瞒不过她们的慧眼，她们一定要得到了个一往情深的爱人，才肯来永不移情地心心相托。她们对于爱人所以会这么苛求，全因为她们自己是恳挚万分。至于那班没有经验的女子，她们常常只听到几句无聊的卿卿我我，就以为是了不得了，她们的爱情轻易地结下，将来也就轻易地勾销，这哪里可以算做生生死死的深情。不出闺门的女子只有无知，很难有颠扑不破的天真，同由世故的熔炉里铸炼出来的热情。数十年来我们把女子关在深闺里，不给她们一个得到经验的机会，既然没有经验来锻炼，她们当然不容易有个强毅的性格，我们又来怪她们的杨花水性，说了许多混话，这真是太冤枉了。我们把无知误解做天真，不晓得从经验里突围而出的天真才是可贵的，因此上造了这九洲大错，这又要怪谁呢？

没有尝过穷苦的人们是不懂得安逸的好处的，没有感到人生的寂寞的人们是不能了解爱的价值的，同样地未曾有过经验的孺子是不知道天真之可贵的。小孩子一味天真，糊糊涂涂地过日子，对于天真并未曾加以认识，所以不能做出天真的诗歌来，笨大的爸爸们尝遍了各种滋味，然后再洗涤俗虑，用锻炼过后的赤子之心来写诗歌，却做出最可喜的儿童文学，在这点上就可以看出人世的经验对于我们是最有益的东西了。老年人所以会和蔼可亲也是因为他们受过了经验的洗礼。必定要对于人世上万物万事全看淡了，然后对于一二件东西的留恋才会倍见真挚动人。宋诗里常有这种意境。欧阳永叔的"棋罢不知人换世，酒阑无奈客思家"同苏长公的"存亡惯见浑无泪，乡井难忘尚有心"全能够表现出这种依依的心情。虽然把人世存亡全置之度外，漠然不动于衷。但是对于客子的思家同自己的乡愁仍然是有些牵情。这种惆怅的情怀是多么清新可喜，我们读起来觉得比处处留情的才子们的滥情是高明得多，这全因为他们的情绪受过了一次蒸馏。从经验里出来的天真会那么带着诗情也是为着同样的缘故。

蔼里斯在他的杰作《性的心理的研究》第六卷里说道："就说我们承认看着裸体会激动了热情，这个激动还是好的，因为它引起我们的一种良好习惯，自制。为着恐怕有些东西对于我们会有引诱的能力，就赶紧跑到沙漠去住，这也可说是一种可怜的道德了。我们应当知道在文化当中故意去创造出一个沙漠来包围自己，这种举动是比别的要更坏得多了。我们无法丢掉热情，即使我们有这个决心；何尔巴哈说得好，理智是教人这样拣择正当的热情，教育是教人们怎样把正当的热情种植培养在人心里面。观看裸体有一个精神上的价值，那可以教我们学会去欣赏我们没有占有着的东西，这个教训是一切良好的社会生活的重要预备训练：小孩子应当学到看见花，而不想去采它；男人应当学到看见着一个女人的美，而不想占有她。"我们所说的天真常是躲在沙漠里，远隔人世的引诱这类的天真。经验陶冶后的天真是见花不采，看到美丽的女人，不动枕席之念的天真。

　　人世是这么百怪千奇，人命是这样他生未卜，这个千载一时的看世界机会实在不容错过，绝不可误解了天真意味，把好好的人儿囚禁起来，使他草草地过了一生，并没有尝到做人的意味，而且也不懂得天真的真意了。这种活埋的办法绝非上帝造人的本意，上帝是总有一天会跟这班刽子手算账的。我们还是别当刽子手好罢，何苦手上染着女人小孩子的血呢！

善　言

□ 梁遇春

　　曾子说："人之将死，其言也善。"真的，人们胡里胡涂过了一生，到将瞑目时候，常常冲口说出一两句极通达的，含有诗意的妙话。歌德以为小孩初生下来时的呱呱一声是天上人间至妙的声音，我看弥留的模糊呓语有时会同样地值得领味。前天买了一本梁巨川先生遗笔，夜里灯下读去，看到绝命书最后一句话是"不完亦完"，掩卷之后大有"为之掩卷"之意。

　　宇宙这样子"大江流日夜"地不断的演进下去，真是永无完期，就说宇宙毁灭了，那也不过是它的演进里一个过程罢。仔细看起来，宇宙里万事万物无一不是永逝不回，岂单是少女的红颜而已。人们都说花有重开日，人无再少年，可是今年欣欣向荣的万朵娇红绝不是去年那一万朵。若使只要今年的花儿同去年的一样热闹，就可以算去年的花是青春长存，那么世上岂不是无时无刻都有那么多的少年少女，又何取乎惋惜。此刻的宇宙再过多少年后会完全换个面目，那么这个宇宙岂不是毁灭了吗？所谓生长也就是灭亡的意思，因为已非那么一回事了。十岁的我与现在的我是全异其趣的，那么我也可以说已经夭折了。宗教家斤斤于世界末日之说，实在世界任一日都是末日。入世的圣人虽然看得透这两面道理，却只微笑地说"生生之谓易"，这也是中国人晓得凑趣的地方。但是我却觉得把死死这方面也揭破，看清这里面的玲珑玩意儿，却更妙得多。晓得了我们天天都是死过去了，那么也懒得去干自杀这件麻烦的勾当了。那时我们做人就达到了吃鸡蛋的禅师和喝酒的鲁智深的地步了。多么大方呀，向普天下善男信女唱个大喏！

这些话并不是劝人们袖手不做事业，天下真真做出事情的人们都是知其不可而为之。诸葛亮心里恐怕是雪亮的，也晓得他总弄不出玩意来，然而他却肯"鞠躬尽瘁，死而后已"。这叫做"做人"。若使你觉无事此静坐是最值得干的事情，那也何妨做了一生的因是子，就是没有面壁也是可以的。总之，天下事不完亦完，完亦不完，顺着自己的心情在这个梦梦的世界去建筑起一个梦的宫殿罢，的确一天也该运些砖头。明眼人无往而不自得，就是因为他知道天下事无一值得执着的，可是高僧也喜欢拿一串数珠，否则他们就是草草此生了。

第二度的青春

□ 梁遇春

人们到了相当年纪，大概不会再有春愁。就说偶然还涉遐思，也不好意思出口了。

乡愁，那是许多人所逃不了的。有些人天生一副怀乡病者的心境，天天惦念着他精神上的故乡。就是住在家乡里，仍然忽忽如有所失，像个海外飘零的客子。就说把他们送到乐园去，他们还是不胜惆怅，总是希冀企望着，想回到一个他所不知道的地方。这些人想像出许多虚幻的境界，那是宗教家的伊甸园，哲学家的伊比鸠鲁斯花园，诗人的 Elysium El Dorado, Arcadia，理想主义者的乌托邦，来慰藉他们彷徨的心灵；可是若使把他们放在他们所追求的天国里，他们也许又皱起眉头，拿着笔描写出另个理想世界了。思想无非是情感的具体表现，他们这些世外桃源只是他们不安心境的寄托。全是因为它们是不能实现的，所以才能够传达出他们这种没个为欢处的情怀；一旦不幸，理想变为事实，它们立刻就不配做他们这些情绪的象征了。说起来，真是可悲，然而也怪有趣。总之，这一班人大好年华都消磨于绻怀一个莫须有之乡，也从这里面得到他人所尝不到的无限乐趣。登楼远望云山外的云山，淌下的眼泪流到笑涡里去，这是他们的生活。吾友莫须有先生就是这么一个人，久不见他了，却常忆起他那泪痕里的微笑。

可是，人们到了相当年纪，（又是这么一句话）对于自己的事情感到厌倦，觉得太空虚了，不值一想，这时连这一缕乡愁也将化为云烟了。其实人们一走出情场，失掉绮梦，对于自己种种的幻觉都消灭了，当下看出自己是个多么渺小无聊的汉子，正好像脱下戏衫的优伶，从缥缈世界坠到铁硬的事实世界，砰的一声把自己惊醒了。这时睁开眼睛，看到天上恒河沙数的群星，一佛一世界，回想自己风尘上过千万人已尝过，将来还有无数万人来尝的庸俗生活，对于自己怎能不灰心呢？当此"屏除丝竹入中年"时候，怎么好呢？

可是，人们到了相当年纪，免不了儿女累人，三更儿哭，可以搅你的清梦，一声爸爸，可以动你的心弦。烦恼自然多起来了，但是天下的乐趣都是烦恼带来的，烦恼使人不得不希望，希望却是一服包医百病的良方。做了只怕不愁，一生在艰苦的环境下面挣扎着，结果常是"穷"而不"愁"，所谓潦倒也就是麻木的意思。做人做到艳阳天气勾不起你的幽怨，故乡土物打不动你莼鲈之思，真是几乎无路可走了。还好有个父愁。虽然知道自己的一生是个失败，仿佛也看出天下无所谓的成功的事情，已猜透成功等于失败这个哑谜了，居然清瘦地站在宇宙之外，默然与世无涉了；可是对于自己孩子们总有个莫名其妙的希望，大有我们自己既然如是塌台，难道他们也会这样吗的意思。只有没有道理的希望是真实的，永远有生气的，做父亲的人们明知小孩变成顽皮大人是种可伤的事情，却非常希望他们赶快长大。已看穿人性的腐朽同宇宙的乏味了，可是还希望他们来日有个花一般的生涯。为着他们，希望许多绝不可能的事情变为可能，为着他们，肯把自己重新掷到过去的幻觉里去，于是乎从他们的生活里去度自己第二次的青春，又是一场哀乐。为着儿女的恋爱而担心，去揣摩内中的甘苦，宛如又踱进情场。有时把儿女的痴梦拿来细味，自己不知不觉也走到梦里去了，孩提的想头和希望都占着做父亲者的心窝，虽然这些事他们从前曾经热烈地执着过，后来又颓然扔开了。人们下半生的心境又恢复到前半生那样了，有时从父愁里也产生出春愁和乡愁。

　　记得去年快有儿子时候，我的父亲从南方写信来说道："你现在也快做父亲了，有了孩子，一切要耐忍些。"我年来常常记起这几句话，感到这几句叮咛包括了整个人生。

破　晓

□ 梁遇春

今天破晓酒醒时候，我忽然忆起前晚上他向我提过"空持罗带，回首恨依依"这两句词。仿佛前宵酒后曾有许多感触。宿酒尚未全醒的我，就闭着眼睛暗暗地追踪那时思想的痕迹。底下所写下来的就是还逗留在心中的一些零碎。也许有人会拿心理分析的眼光含讥地来解剖这些杂感，认为是变态的，甚至于低能的，心理的表现；可是我总是十分喜欢它们。因为我爱自己，爱这个自己厌恶着的自己，所以我爱我自己心里流出，笔下写出的文字，尤其爱自己醒时流泪醉时歌这两种情怀凑合成的东西。而且以善于写信给学生家长，而荣膺大学校长的许多美国大学校长，和单知道立身处世，唯利是图的富兰克林式的人物，虽然都是神经健全，最合于常态心理的人们，却难免使得甘于堕落的有志之士恶心。

"空持罗带，回首恨依依"，这真是我们这一班人天天尝着的滋味。无数黄金的希望失掉了，只剩下希望的影子，做此刻怅惘的资料，此刻又弄出许多幻梦，几乎是明知道不能实现的幻梦，那又是将来回首时许多感慨之所系。于是乎，天天在心里建起七宝楼台，天天又看到前天架起的灿烂的建筑物消失在云雾里，化作命运的狞笑，仿佛《亚俪丝异乡游记》里所说的空中里一个猫的笑脸。可是我们心里又晓得命运是自己，某一位文豪早已说过"性格是命运"了！不管我们怎样似乎坦白地向朋友们，向自己痛骂自己的无能和懦弱，可是对于这个几十年来寸步不离、形影相依的自己怎能说没有怜惜，所以只好抓着空气，捏成一个莫名其妙的命运，把天下地上的一切可杀不可留的事情全归诿在他（照希腊神话说，应当称为她们）的身上，自己清风朗月般在旁学泼妇的骂街。屠格涅夫在他的某一篇小说里不是说过：Destiny makes everyman, and everyman makes his own destiny（命运定了一切人，然而一切人能够定他自己的命运）。

屠格涅夫，这位旅居巴黎，后来害了谁也不知道的病死去的老文人，从前我对他很赞美，后来却有些失恋了。他是一个意志薄弱的人，他最爱用微酸的笔调来描绘意志薄弱的人，我却也是个意志薄弱的人，也常在玩弄或者吐唾自己这种心性，所以我对于他的小说深有同感，然而太相近了，书上的字，自

破
晓

125

己心里的意思，颠来倒去无非意志薄弱这个概念，也未免太单调，所以我已经和他久违了。他在年青时候曾跟一个农奴的女儿发生一段爱情，好像还产有一位千金，后来却各自西东了，他小说里也常写这一类飞鸿踏雪泥式的恋爱，我不幸得很或者幸得很却未曾有过这么一回事，所以有时倒觉得这个题材很可喜，这也是我近来又翻翻几本破旧尘封的他的小说集的动机。这几天偷闲读屠格涅夫，无意中却有个大发现，我对于他的敬慕也重新燃起来了。屠格涅夫所深恶的人是那班成功的人，他觉得他们都是很无味的庸人，而那班从娘胎里带来一种一事无成的性格的人们却多少总带些诗的情调。他在小说里凡是说到得意的人们时，常现出藐视的微笑和嘲侃的口吻。这真是他独到的地方，他用歌颂英雄的心情来歌颂弱者，使弱者变为他书里唯一的英雄，我觉得他这种态度是比单描写弱者性格，和同情于弱者的作家是更别致，更有趣得多。实在说起来，值得我们可怜的绝不是一败涂地的，却是事事马到功成的所谓幸运人们。

人们做事情怎么会成功呢？他必定先要暂时跟人世间一切别的事情绝缘，专心致志去干目前的勾当。那么，他进行得愈顺利，他对于其他千奇百怪的东西越离得远，渐渐对于这许多有意思的玩意儿感觉迟钝了，最后逃不了个完全麻木。若使当他干事情时，他还是那样子处处关心，事事牵情，一曝十寒地做去，他当然不能够有什么大成就，可是他保存了他的趣味，他没有变成个只能对于一个刺激生出反应的残缺的人。有一位批评家说第一流诗人是不做诗的，这是极有道理的话。他们从一切目前的东西和心里的想象得到无限诗料，自己完全浸在诗的空气里，鉴赏之不暇，哪里还有找韵脚和配轻重音的时间呢？人们在刺心的悲哀里时是不会做悲歌的，*Tennyson* 的 *In Me morian* 是在他朋友死后三年才动笔的。一生都沉醉于诗情中的绝代诗人自然不能写出一句的诗来。感觉钝迟是成功的代价，许多扬名显亲的大人物所以常是体广身胖，头肥脑满，也是出于心灵的空虚，无忧无虑麻木地过日。归根说起来，他们就是那么一堆肉而已。

人们对于自己的功绩常是带上一重放大镜。他不单是只看到这个东西，瞧不见春天的花草和街上的美女，他简直是攒到他的对象里面去了。也可说他太走近他的对象，冷不防地给他的对象一口吞下。近代人是成功的科学家，可是我们此刻个个都做了机械的奴隶，这件事聪明的 Samuel Butler 六十年前已经屈指算出，在他的杰作《虚无乡》（*Erewhon*）里慨然言之矣。崇拜偶像的上古人自己做出偶像来跟自己找麻烦，我们这班聪明的，知道科学的人们都觉得那班老实人真可笑，然而我们费尽心机发明出机械，此刻它们翻脸无情，踏着铁轮来蹂躏我们了。后之视今，犹今之视昔，真不知道将来的人们对于我们的机械会作何感想，这是假设机械没有将人类弄得覆灭，人生这幕喜剧的悲剧还继续演着的话。总之，人生是多方面的，成功的人将自己的十分之九杀死，为的是要让那一方面尽量发展，结果是尾大不掉，虽生犹死，失掉了人性，变做世上一两件极

破晓

微小的事物的祭品了。

世界里什么事一达到圆满的地位就是死刑的宣告。人们一切的痴望也是如此，心愿当真实现时一定不如蕴在心头时那么可喜。一件美的东西的告成就是一个幻觉的破灭，一场好梦的勾销。若使我们在世上无往而不如意，恐怕我们会烦闷得自杀了。逍遥自在的神仙的确是比监狱中终身监禁的犯人还苦得多。闭在黑暗房里的囚犯还能做些梦消遣，神仙们什么事一想立刻就成功，简直没有做梦的可能了。所以失败是幻梦的保守者，惆怅是梦的结晶，是最愉快的，洒下甘露的情绪。我们做人无非为着多做些依依的心怀，才能逃开现实的压迫，剩些青春的想头，来滋润这将干枯的心灵。成功的人们劳碌一生最后的收获是一个空虚，一种极无聊赖的感觉，厌倦于一切的胸怀，在这本无目的的人生里，若使我们一定要找一个目的来磨折自己，那么最好的目的是制作"空持罗带，回首恨依依"的心境。

生命的价值与价格

□ 王统照

评定生命的价值，可以从我们的两句老话里得一个有力的反证，"死有重于泰山，有轻于鸿毛。"

在人生的平衡上称量生命的分量，判分价目之不同，似是公正交易的办法。但可惜没有定准，沙丁鱼在清水里快活纵跃时是一种分量，抽刳肠肚，调以油盐，不但分量有异，而且还换入或减去多少成分。在晴空云层里的银鸽，羽毛光泽，活泼泼地，与经过火烹油炸后，在菜盘里供主客脔割时，其生命的价值前后有多少差异。

由时间、空间而来的变化已难说清，何况是价值与价格。

经济理论上争辩得颇热闹的是物之值。

物（人也在内，）就其本身论值，原有时间、空间，——因地因时的不同，何况是驱迫携带到市场中去。供给、需要既有种种变动，清新、臭腐，又须认明本物（还是，人也在内）之质的良否。就"卑之无甚高"来论生命的"价值"，已经使精于计算者有"望洋"之叹。

没法，借正、反、合的试例，取重于生命的对面，——死；由死证生命之价诚然直截了当，搀不得丝毫做作。

泰山鸿毛之喻当然是抬高一层，论及"价值"——生命必有待反证而定"价值"已觉可悲，但遮拨计执，这明是无可奈何的人间事，自不必泪眼低眉不敢正看平衡上的金星。

这里还引用一句老话"有所为与无所为"便可转解"值得"或"不值得"。有所为不但是"有猷，有为，有守；"而且从究竟处说，便是不得不为不能不为更进一步解，作为之则生不为则死亦非过甚其辞。（当然，为毁人害己，为你死我活，为私欲野心的图谋，一切一切俱可完了，俱不计较。像这样不是此处所写的"有所为"的正解。）"无所为"呢？本无用为，无可为，如必鲁莽从事，一定力竭声嘶，毁灭了自己。不讲因果，但释情理，强"无所为"而"必为"，这便要用生命作赌本，鞭、笞、绳、索，还得加上念念有词的咒语、魔术、威逼、言诱，集合起肉体的生命群去碰碰市场上的"价格"，正如交易所中的风潮，本是空心喊价，色厉气促，拍价板几个起落之后，"价格"惨落，（能说得上是"价值"吗）？真变做生命的"空头"。血淋淋地驱出与血淋淋地抬进，即向高处说一句不过是

"轻于鸿毛"。

同是有生命的人类，我们岂是忍心下此批判！投机者的野心与操纵，把多少原有其自然"价值"的生命向市场上做廉价拍卖，在他们的一握中，到底曾觉得有几许重量？

"无所为"的生命"价格"（能说得上是"价值"吗？）的惨跌，即在不得不为不能不为的对手，——他们有热情勇敢，甘心重造生命"价值"的纪录——目睹心伤，也为多少生命洒一掬同情的热泪！

但为保持"有所为"的生命真价，却更要勇往无前把投机者的颤手折回。这样，岂止永久保持住自己生命"价值"，同时更使握在投机者手中的生命群逃出市场，不再见其"价格"的惨落，而回复其人的本位"原值"。

论"熟能生巧"

□ 王统照

汉代的王充在他那部识见超迈的《论衡》中有下面的几句话：

齐部世刺绣，恒女无不能；

襄邑俗织锦，钝妇无不巧，

日见之，日为之，手狎也。

本是散文我却觉得象是一首颇有意义的小诗，故以"诗式"列出。日见，日为，手指娴熟，无论绣法多精，织锦多难，可是一般妇女甚至是蠢笨些的也能学得"巧"起来。什么力量使之如此？正是天长日久，穿针引线；家家机杼，按样投梭，不知不觉中便"能"了，甚至学得"巧"了。这还不是"熟能生巧"的详明解证？对一切的文学、艺术说，手生了便没法表现出来就使表现出来也多是粗疏、浮泛，不能动人。作者的"眼高"只好剩下"高"了，一动手便显得不是那一回事。

话得说回来，文艺专家"熟"，靠"日见之，日为之"，便能达到伟大、光华的境界吗？我见过学写字的人，天天用工数十年如一日，当做功课，该写的十分出色，动人欣赏吧？实则工夫到家，极熟极细，有的也不过规规矩矩，横平竖直，一看平正，再看平平，细看就觉得平凡了。这与王充的话岂不矛盾？与"熟能生巧"的成语岂不相反？不错，是有些矛盾，但如果据孟子的一句话看来，却显明地对于"巧"字另有估计。他说：

"锌匠轮舆能与人规矩，不能使人巧。"

那么，无论齐部刺绣怎样普遍，襄邑织锦怎样"家喻户晓"，若说"无不巧"未免夸大，且与孟子的话有些不符。

要细心地明了王充是指的"习熟"——"日见之，日为之，手狎也"。而孟子这句则指的是"大匠"的传授在于规矩，却不能把艺术中的"巧"也使每个人都学会。这并不矛盾，而且对看起来更能深入一层。从古至今，各行各业，徒弟学出来比老师更好也可说更"巧"的，随在都可找到例证。但也有老师十分精能，他的艺术本事，真是"著手成春"，一经在他手上拨弄出来的艺术品的确与众不同。他虽想把这份"巧"传授给他的学生，但学生学会了他的手法，却学不会他创作品的"妙"处。这两个例子都有，足见孟子的话扎实得很。"巧"不是老

论「熟能生巧」

师给的，虽以"大匠"的好本事，所能传给别人的也只是"规矩"罢了。

诚然，"熟能生巧"；可是并非若干人一同熟于某某艺术便能达到相同的成就。所谓熟者，只是"不生"，绘画的不至不会勾、勒、渲、染；演剧的不至上台后手足无措；写文章的不至文理不通，词句颠倒。"巧"从"熟"中生出，并非一熟就巧。一样的笔、墨，一样的学习，一样的工夫，写出的字并不相同；一同学的戏，一同是某一节目中某角色的扮演者，一同练过工夫，可是上得台来总有高低。

王充的话"恒女无不能"还可，至于"钝妇无不巧"这句，就是文学上的有意夸张了。"巧"不是那么容易的，就是聪明的妇女，"日见之，日为之"，会是会了，比没有织锦地方的妇女自然易学易熟，但想都达到"巧"的地步，怕还不十分容易，更不要说"钝妇"了。当然，在数量上由于日见，日为，能者自多，质量上也比织锦不普遍的地方自然高明，但"无不巧"三字却未免说得重些。

总之，论学习文学艺术，不常常见，常常练，常常观摩，揣测，自然生疏，但要达到真"巧"的地步，使艺术性能够充分发扬，要紧得具有文艺的基本因素，既所谓思想性，包括了立意、内容等等。否则纵"巧"，也不过是幻想的空花，难捉摸的水月，经不起时间、空间的考验的。

至于孟子从"大匠"、学习者来讲"规矩"和"巧"的分别，确是千古不磨的理论。"规矩"不能没有，学者自须先知先练，好的先生教的规矩正确、清楚，学的人领会得容易些、快些，不至"误入歧途"——多走弯路，达便是"大匠"交代徒弟们优长之处。以言"巧妙绝伦"——创出一手绝活来，还得看学者的聪明、用功，以及他的艺术上的特创性了。自然，有的不需先生教过却能在文艺上有所创造的，这也不是罕见的事。

孟子的话不须多讲，而从"熟"中方可逐渐练出"巧"的创造，也是打不倒的至理，足以反证王充这几句话的价值。那有若干年只写一篇文会成名作的，那有好几年只登台一次会成为好演员的，那有终年不拾绣花绷子，偶然来一回"描鸾绣凤"不指颤针斜的。"曲不离口、拳不离手"，这才能熟，——熟中可以生"巧"——还不是人人皆然。一切文学艺术的学习、创造和成就，详说起来各成专书，简要言之，似乎就是这点道理。（早有熟练基础的自当别论。）但，这里所谈的"巧"字，请读者不要误会成"为艺术而艺术"的"艺术"，这是指的文学、艺术上的伟大、高妙境界，是每一个创作者希望达到却并非容易达到的境界。其意义指艺术上的成就，可含有思想上的陶冶。明白艺术不能离开思想的指导，我这里便不再多说大家易知的话了。

天才与经验

□ 王统照

天才是区分与给予表现的一种势力，这种势力是在物质的下面的，所以天才（Genius）是一切进步的源泉，能以经过资才的思索，而发露出他对于人事，对于自然内在的生命的观察，而又能用恰当的艺术表现出。天才与平常人的不同处，一是观察，一是想象，一是表现的艺术。天才家的观察锐利，想象丰富，而又有完好的艺术，所以一样同我们生活在此世界之内，然而他能将我们所不留心的，所想不到的，所不能说出的事物，——都捆捉得到。天才家所以能纵横如意，能以将平凡的事写得真实；将难于言说的风景，写得生动；将理想上的角色，写得如目见其形耳闻其声；更能将幽远曲折的想象，用各种方法叙述出绘画出传达出，这需要他的心灵的活动。不过这里所谓心灵的活动，绝不是他仅能描写绘画事物外部的形相，行动，更须探捉到它内部的生命。说到这里，足以见出天才的特点来了。与此有连锁关系的是经验（Experience）。天才是一种创作的原动力，而经验却是他的工具。无论那一个艺术家，其生活要丰富广博，却不是屏绝人事，闭户咿唔的能以窥察尽宇宙的奇妙，与自然的博大，乃人间的复杂的，艺术家必有许多体与脑的热病的生活（Febrile life）可以创造出伟大的艺术。这种生活，不止是体魄上的冒险——放纵的肤浅地经验。这种生活对于艺术家对于他所不可缺的是因为他的权能的实行（The exercise of his powers），此权能的实行可以将智慧的斗争之必要教授与他，且由此发达他的意识，将评量，称衡及塑成诸种律教与他。此处所谓权能的生命，取谓能将对于自然，对于人事，对于一切的评量，称衡……法数与他的，就是须走过经验的一条路。无论那种艺术是由人与生活及他的资才接触藉此以先决定在效果底面的原因中出来的。伟大的艺术，是人以其经验的志趣表现出，——其经验的获得由于直接，或由于间接，都不一定，然有此经验，必能以借此扩大其思路，与活动其智慧，增加他所描写的材料，却是可以断言。然而徒有经验，往往印象于心，而不能达之于笔，这就是缺乏创作的天才。譬如只有工具，而没有原动力，焉能运转自如呢。

　　伟大的艺术作品，必以天才与丰富的经验相合，而后方能产出。由空想而产出的艺术，一样是不可磨灭的，不过据我的

天才与经验

137

理想，无论其神秘到若何程度，空想得如一片白茫茫大地，而其受有特别的经验，必可揣测而知，不过因其取材特异，不易为人觉察出罢了。

人格的启示

□ 王统照

鲁迅先生永逝了！虽然他的精神可长留于天地间，但"一棺附身"，从此却不能再见到他的面容，听到他的美语，读到他所写的深刻的辛辣的文章。凡是关心于中国新文化运动的人，这几日谁的心中也有点怆然之感，特别是在"风雨飘摇"国难日深的现在。

一个人的人格的伟大这不是用工夫学来的，也不是纯在知识中陶冶成的。世间不缺乏带着几种面孔，或翻手为云覆手为雨的人物，讲道德，说仁义，谈天论地，一样是有广博的学问，熟练的主义，但人格的伟大呢，却另有所在。

我再三细想，觉得这还得从个性上去找：先天的成分多，后天的力量少，专靠思想，知识，——由教化中来的变化，其影响于人格处究竟有限。一旦有外界的变更，容易转向，也容易屈服。本来在看法上，想法上稍稍放松一步，稍稍妥协一点，所有的"安身立命"之点也马上动摇，不久由动摇而颓落，后来便灭迹销声，找不到原来所是可以把持得住的那一点定力。

但有伟大人格的，除却思想视野的诸种表现外，他有认真的，固执的，却也在这一点！

"匹夫不可夺志"，看似平常，实行起来怕非易易，看得明，想得透，还要把得稳。荣、辱、毁、誉，一切皆不理会，自己信得过，虽"石烂、海枯"，我行我是，这不是个性极强，认事极真的人莫想办到。

试问这样单凭知识的增益成吗？单凭"用工夫练"就会有吗？

从古代到现在，好难得的是几个有骨气的人物！说一句近乎过刻的话，求之于知识阶级中人更是"寥如晨星"。

是、非、利、害计较得过于清楚，至少有两句话称量自己："图什么"？与"何苦来"！这就是所谓放松与妥协的基点，再称量几句，什么想头都来了。道不加高，魔却日长，原来有的那点器识，那点志趣，完全烟消火灭，而且反面的势力的诱、迫，可将这计较者完全另投入一个洪炉。

所以，言及此，似乎有点旧理学迂腐气（更有点言道的嫌疑），难道我们应该提"随机应变"，到处识时务，"东扶西醉"，没一点骨气的人生吗？

对于鲁迅先生，不讲其思想，学术，文艺上的造就，但就这一点倔强性来看，谁能不佩服他的人格的伟大？

其伟大处正在向不模糊将就，不人云亦云，是非的分析一丝一毫不含混。

自然以中国昔日道家的阴柔处世观看他，一定有许多聪明人在腹中加以讥笑，因为他的一切都是自找苦吃。"他火气太大了"，"他的脾气了不得"，"他一点事也容忍不住"，这些评论在鲁迅先生的生前大概已经有人曾说过想过罢，但其人格的伟大处也正在此。

对世间一切不认真，不固执，不自己把得住，随风便吹，随雨便打，春来学着鸟鸣，秋间摹仿虫叫，取悦于人或有之，求其有所建立，树之风声，打出亮光的火炬，做暗夜中的冲锋者，能成不能成？

他的火气，脾气，他对不合意的事一点不容忍，是他的真实个性，也正是鲁迅之所以为鲁迅处！

若除开这一点，他的思想，他的著作，均不是我们所知道所熟悉的鲁迅先生的思想与著作了吧？

在疾风中才显出劲草，同样，在苦斗中才见出真正的壮士！

鲁迅先生所留予我们的，第一是他人格的伟大！不屈服于任何力量，任何人，任何的浮泛的温情的好话。

但有这样精神的由来，却基于个性之强，认事之真，不稍稍放松，不稍稍妥协上。

　　鲁迅先生永逝了！在艰苦挣扎中的中华民族尤其需要把鲁迅先生平生的精神保持下去，应付我们的这个时代！

　　　　　　　　　　一九三六年十月二十三日

插 田

□ 叶　紫

失业，生病，将我第一次从嚣张的都市驱逐到那幽静的农村。我想，总该能安安闲闲地休养几日吧。

时候，是阴历四月的初旬——农忙的插田的节气。

我披着破大衣踱出我的房门来，田原上早经充满劳作的歌声了。通红的肿胀的太阳，映出那些弯腰的斜长的阴影，轻轻地移动着。碧绿的秧禾，在粗黑的农人们的手中微微地战抖。一把一把地连根拔起来，用稻草将中端扎着，堆进那高大的秧箩，挑到田原中分散了。

我的心中，充满着一种轻松的，幽雅而闲静的欢愉，贪婪地听取他们悠扬的歌曲。我在他们的那乌黑的脸膛上，隐约

插

田

143

的，可以看出一种不可言喻的，高兴的心情来。我想：

"是呀！小人望过年，大人望插田！……这原是他们一年巨大的希望的开头呢。……"

我轻轻地走过去。在秧田里第一个看见和我点头招呼的，便是那雪白胡须的四公公，他今年已经七十三岁了，还肯那么高兴地跟着儿孙们扎草挑秧，这是多么伟大的农人的劳力啊！

"四公公，还能弯腰吗？"我半玩笑半关心地问他。

"怎么不能呀！'农夫不下力，饿死帝王君'呢。先生！"他骄傲地笑着，用一对小眼珠子在我的身上打望了一遍，"好些了？……"

"是的，好些了。不过腰还是有些……"

"那总会好的啰！"他又弯腰拔他的秧去了。

我站着看了一会，在他们那种高兴的，辛勤的劳动中，使我深深地感到自家年来生活的卑微和厌倦了。东浮西荡，什么东西部毫无长进的，而身体，又是那样的受到许多沉重的创伤；不能按照自家的心思做事，又不会立业安家，有时甚至连一个人的衣食都难于温饱，有什么东西能值得向他们夸耀呢？……而他们，一天到晚，田中，山上，微漪的，淡绿的湖水，疏云的，辽阔的天际！唱自家爱唱的歌儿，谈自家开心的故事。忧？愁？……夜间的，酣甜的呓梦！……

我开始羡慕他们起来。我觉得，我连年都市的飘流，完全错了；我不应该在那样的骷髅群中去寻求生路的，我应该回到这恬静的农村中来。我应该同他们一样，用自家的辛勤劳力，争取自家的应得的生存；我应该不闻世事，我应该……

田中的秧已经慢慢地拔完了，我还更加着力地在想着我的心思。当他们各别抬头休息的时候，小康——四公公的那个精明的小孙子，向我偷偷地将舌头伸出着，顽皮地指了一下那散满了秧扎的田中，笑了：

"去吗？……高兴吗？……"

不知道是哪里来的兴趣，使我突然忘记了腰肢的痛楚，脱下了鞋袜和大衣，想同他们插起田来。我的白嫩的脚掌踏着那坚牢的田塍，感到针刺般的酸痛。然而，我却竭力地忍耐着，艰难地跟着他们下到了那水混的田中。

四公公几乎笑出眼泪来了。他拿给我一把秧，教会我一个插田的脚步和姿势，就把我送到那最外边的一层，顺着他们里边的行列，倒退着，插起秧来。

"当心坐到水上呀！……"

"不要同我们插，'烟壶脑壳'呢！……"

"好了！好了，脚插到阴泥中拔不出来了！"

我忍住着他们的嘲笑，站稳了架子，细心地考察一遍他们的手法，似乎觉得自家所插的列子也还不差。这一下就觉得心中非常高兴了。插田，我的动作虽然慢，却还并不见得是怎样艰难的事情啊！

四公公越到我的前头来了——他已经比我快过了一个长行。他抬头站了一站，我便趁这个机会像夸张自家的能干般地和他攀谈起来。

"我插的行吗？四公公！"

"行！"四公公笑了一笑，但即刻又皱着眉头说："读书人，干这些事情总不大合适呀！对吗？……"

"不，四公公，我是想试试看呢，我看我能不能插秧！我想……唔，四公公，我想回到乡下来种田呀！"

"种田？……王先生，你别开玩笑呢！"

"真的呀！还是种田的好些……我想。"

四公公的脸上阴郁起来了，他呆呆地站在田中，用小眼珠子惊异地朝我侦察着我的话是否真实。我艰难地移近着他的身边，就开始说起我那高兴农人生活的理由来，我大声地骂了一通都市人们的罪恶，又说了许多读书人的卑鄙，下流，……然后，正当欲颂赞他们生活的清高的时候，四公公便突然地打断了我的话头：

"得啦！先生，你为什么竟说出这样的话来呢？……"他朝儿孙们打望了一下，摸着胡子，凄然地撒掉手中的残秧。"在我们，原没有办法的，明知种田是死路，但也只得种！有什么旁的生涯给我们做得呢？'命中注定八合米，走尽天下不满升。'……而先生，你……读书人，高升的门路几多啊！你还真的说这种话，……你以为，唉！先生，这田中的收成都能归我们自家？……"

他咽住了一口气，用手揉揉那湿润的小眼睛，摇头没有再说下去了。他的胡子悲哀地随风飘动着，有一粒晶莹的泪珠子顺着他那眼角的深深的皱纹爬将下来。

儿孙们都停了手中的工作，朝我们怔住了：

"怎么啦？公公。"

"没有怎么！"他叹一声气。忽然，似乎觉到了今天原是头一次插田，应该忌讳不吉利的话似的，又朝我打望了一下，顺手揩掉那晶莹的泪珠子，勉强装成一副难堪的笑容，弯腰拾起着秧禾，将话头岔到旁的地方去：

"等等，先生，请你到我们家中吃早饭去，……人，生在世上，总应该勤劳，……"

我没有再听出他底下说的是什么话来，痴呆地，羞惭地站在那里，但着他祖孙们手中的秧禾和那矫捷的插田的动作。……"死路"。"高升的门路！"……我觉得有一道冰凉的流电，从水里通过我的脚干，而曲曲折折地传到我的全身！……

我的腰肢，开始痛得更加厉害了。

一九三六年十月二十三日

插

田

玉　衣

□　叶　紫

"玉衣，来——"

无论什么时候，只要我一叫，这不幸的孩子就立刻站在我的面前，用了她那圆溜溜的，惶惑的眼睛看定我；并且装出一种不自然的，小心的笑意。

我底心里总感到一种异样的苦痛和不安。我一看到她——一看到她那破旧的衣服，那枯黄的头发，圆溜溜的眼睛和青白少血的脸——这不安和苦痛就更加沉痛地包围着我，压迫着我！

我无论如何都不能将这枝痛苦的，毒箭似的根芽，从我的心中拔出去。

"是的，"我想，"我应该想法子将她送出去！送到妇孺救济所，济良所或者旁的收养孤儿的地方去，我不能让她跟着我受这样的活磨呀！"

当这孩子还远在故乡的时候，我就有了这样的打算的。我的女人给我的来信说："这实在是一个聪明的伶俐的孩子，我来时一定要将她带来。关于她的身世——其实，你是应该知道的……"我的女人补充地说。而且不怕烦难地，更详细地又告诉了我："她是我的那瞎了眼睛的，第六个堂哥的女儿，并且是最小最小的一个。她们的家境，你也应该知道的……当十年前，她的父亲还不曾瞎眼的时候，那就已经不能够支持一家八口的生活了。而她的诞生，就恰巧在她父亲双目失明的紧急的时候。当然，一切苦难的罪恶的帽子，是应该戴在她头上的。那还有什么好分辩的呢，这样的八字———生下来就'冲'瞎了父亲的眼睛！……

"做婴孩的时候——那是我亲眼看见过的——他们将她看同猪狗一般，让她一个人躺在稻草窝里，自生自灭。给她喝一点米汤之类的什么东西，她倒反像一株野树似的，自己长成起来了。随后，因了她的天资聪明，伶俐，终于引起了母亲和其他的邻人叔伯们的怜爱！

"父亲的眼睛，是她们全家人的致命伤；八九年来，就只靠她妈妈纺纱织麻过活。前年大水，卖掉她的第一个姐姐；去年天干——第二个；今年，又轮到她头上来了。

"她是天天要跑到我这里来的。她一看见我，就比她自家的妈妈还要亲爱。真的，我不知怎样的特别欢喜了这个孩子。她的头发，眼，嘴唇，甚至她说的话的一字一句，都使我感到哀

玉
衣

149

怜和疼爱。

她常常对我哭诉地说：

"'阿姑，她们要卖我呢！卖我呢！……我的妈妈——她要将我卖到蛮远的那里去……'我说：'孩子，不会的！'可是，我的话什么用处也没有，他们终于寻到一个外乡的买主，开始了关于身价的谈判。"

"是的，佳！"我的女人亲切地叫着我的名字，说："我太不应该，因了一时的感情冲动，而不顾你的生活负担，轻易，懵懂地，做做这样一桩侠义（？）的事情，我阻拦他们的买卖了。我借了五元钱送给我的瞎子哥哥，并且还约给他们代将玉衣养活……"

后来，她又在给我的一封反对她的回信中，再三解释地，说：

"我知道，佳！你是生气了。'侠义'的事情决不是我们这些人做的。因为侠义之不能打尽天下不平，和慈善之不能救尽天下的苦难一样。在这时候，原就什么都谈不到的。可是我，不知道怎样的，不能够！……我不能眼睁睁地望着这孩子去忍受那些人贩子的折磨，不能让她去饱虎狼们的肠腹！……

"这样的，我一定要将她带来。因为留在乡下，慢慢他们仍旧会将她卖掉的。而且谁也不能长期地为这孩子监护……

"至于我们的生活——以不加重你的负担为原则，我已经和我的爹妈商量好了。暂时将小的太儿留在家中，给爹妈代养，（因为他们不能代养玉衣的缘故）而交换地将玉衣带来！"

我没有再回信去非难我的女人了，也许是说看到了这桩事情没有继续讨论的必要；因为我的决定是：她来，我将她送出去就是了。然而我却想道：这到底是怎样一个爱人的孩子呢？

而现在，却活生生地站在你的面前：青白，少血，会说话，枯黄的头发，和圆溜溜的眼睛。虽然还不到十一岁，却几乎能懂得一个大人的事情了。我说："孩子！你跟着我有什么好处呢？也许我明天就没有饭吃的，我完全养你不活呀！并无力替你做一身好的衣裳，又不能送你去读书，进学校。……来呀！你告诉我：我假如再将你送到一个旁的有饭吃的地方，你还愿意吗？"

她靠近到我的身边，咬着指头，瞪瞪眼；并且学着一个大人的声音，说：

"姑爷不会送掉我的。姑爷欢喜我，姑爷养活我！姑爷吃粥时多放一碗水吧！……"

而我的女人更怂恿地说：

"何必呢！你看，这孩子可怜的！你还将她送到什么地方去呢？你以为她的苦还受得不够吗？……只要我们大家少吃一碗饭！……等着过了今年，我们好再送她回去！……"

然而，生活却一步一步地紧逼着我。一家人，谁都不能减轻我的负担。而尤其是：每一看到她那身破旧的衣服，枯黄的头发和青白少血的脸，这种不安和苦痛，就更加沉重地包围着我，压迫着我！

我朝她看了又看，我替她想了又想。于是一种非常明了的意义，又从我的心中现了出来。

这样的孩子，生在这样的世界，是——永远都不会遇到良好的命运的啊！

彼　此

□ 林徽因

　　朋友又见面了，点点头笑笑，彼此晓得这一年不比往年，彼此是同增了许多经验。个别地说，这时间中每一人的经历虽都有特殊的形相，含着特殊的滋味，需要个别的情绪来分析来描述。

　　综合地说，这许多经验却是一整片仿佛同式同色，同大小，同分量的迷惘。你触着那一角，我碰上这一头，归根还是那一片迷惘笼罩着彼此。七月！——这两字就如同史歌的开头那么有劲——八月，九月带来了那狂风，后来。后来过了年，——那无法忘记的除夕！——又是那一月，二月，三月，到了七月，再接再厉的又到了年夜。现在又是一月二月在开始……谁记得最清楚，这串日子是怎样地延续下来，生活如何地变？想来彼此都不会记得过分清晰，一切都似乎在迷离中旋转，但谁又会忘掉那么切肤的重重忧患的网膜？

经过炮火或流浪的洗礼，变换又变换的日月，难道彼此脸上没有一点记载这经验的痕迹？但是当整一片国土纵横着创痕，大家都是"离散而相失……去故乡而就远"，自然"心婵媛而伤怀兮，眇不知其所蹠"，脸上所刻那几道并不使彼此惊讶，所以还只是笑笑好。口角边常添几道酸甜的纹路，可以帮助彼此咀嚼生活。何不默认这一点：在迷惘中人最应该有笑，这种的笑，虽然是敛住神经，敛住肌肉，仅是毅力的后背，它却是必需的，如同保护色对于许多生物，是必需的一样。

那一晚在 ×× 江心，某一来船的甲板上，热臭的人丛中，他记起他那时的困顿饥渴和狼狈，旋绕他头上的却是那真实倒如同幻象，幻象又成了真实的狂敌杀人的工具，敏捷而近代型的飞机：美丽得像鱼像鸟……这里黯然的一掬笑是必需的，因为同样的另外一个人懂得那原始的骤然唤起纯筋肉反射作用的恐怖。他也正在想那时他在 ×× 车站台上露宿，天上有月，左右有人，零落如同被风雨摧落后的落叶，瑟索地蜷伏着，他们心里都在回味那一天他们所初次尝到的敌机的轰炸！谈话就可以这样无限制的延长，因为现在都这样的记忆，——比这样更辛辣苦楚的——在各人心里真是太多了！随便提起一个地名大家所熟悉的都会或商埠，随着全会涌起怎样的一个最后印象！

再说初入一个陌生城市的一天，——这经验现在又多普遍——尤其是在夜间，这里就把个别的情形和感触除外，在大家心底曾留下的还不是一剂彼此都熟识的清凉散？苦里带涩，那滋味侵入脾胃时，小小的冷噤会轻轻在背脊上爬过，用不着丝毫锐性的感伤！也许他可以说他在那夜进入某某城内时，看到一列小店门前凄惶的灯，黄黄的发出奇异的晕光，使他嗓子里如梗着刺，感到一种发紧的触觉。你所记得的却是某一号车站后面黯白的煤汽灯射到陌生的街心里，使你心里好像失落了什么。

那陌生的城市，在地图上指出时，你所经过的同他所经过的也可以有极大的距离，你同他当时的情形也可以完全的不相同。但是在这里，个别的异同似乎非常之不相干；相干的仅是你我会彼此点头，彼此会意，于是也会彼此地笑笑。

七月在卢沟桥与敌人开火以后，纵横中国土地上的脚印密密地衔接起来，更加增了中国地域广漠的证据。每个人参加过这广漠地面上流转的大韵律的，对于尘土和血，两件在寻常不多为人所理会的，极寻常的天然质素，现在每人在他个别的角上，对它们都发生了莫大亲切的认识。每一寸土，每一滴血，这种话，已是可接触，可把持的十分真实的事物，不仅是一句话一个"概念"而已。

在前线的前线，兴奋和疲劳已掺拌着尘土和血另成一种生活的形体魂魄。睡与醒中间，饥与食中间，生和死中间，距离短得几乎不存在！生活只是一股力，死亡一片沉默的恨，事情简单得无可再简单。尚在生存着的，继续着是力，死去的也继续着堆积成更大的恨。恨又生力，力又变恨，惘惘地却勇敢地循环着，其他一切则全是悬在这两者中间悲壮热烈地穿插。

在后方，事情却没有如此简单，生活仍然缓弛地伸缩着；食宿生死间距离恰像黄昏长影，长长的，尽向前引伸，像要扑入夜色，同夜溶成一片模糊。在日夜宽泛的循回里于是穿插反更多了，真是天地无穷，人生长勤。生之穿插零乱而琐屑，完全无特殊的色泽或轮廓，更不必说英雄气息壮烈成分。斑斑点点仅像小血锈凝在生活上，在你最不经意中烙印生活。如果你有志不让生活在小处窳败，逐渐减损，由锐而钝，由张而弛，你就得更感谢那许多极平常而琐碎的磨擦，无日无夜地透过你的神经，肌肉或意识。这种时候，叹息是悬起了，因一切虽然细小，却绝非从前所熟识的感伤。每件经验都有它粗壮的真实，没有叹息的余地。口边那酸甜的纹路是实际哀乐所刻划而成，是一种坚忍韧性的笑。因为生活既不是简单的火焰时，它本身是很沉重，需要韧性地支持，需要产生这韧性支持的力量。

现在后方的问题，是这种力量的源泉在哪里？决不凭着平日均衡的理智，——那是不够的，天知道！尤其是在这时候，情感就在皮肤底下"踊跃其若汤"，似乎它所需要的是超理智的冲动！现在后方被缓的生活，紧的情感，两面磨擦得愁郁无快，居戚戚而不可解，每个人都可以苦恼而又热情地唱"终长夜之曼曼兮，掩此哀而不去"，或"宁溘死而流亡兮，不忍为此之常愁！"支持这日子的主力在哪里呢？你我生死，就不检讨

彼
此

155

它的意义以自大。也还需要一点结实的凭借才好。

我认得有个人，很寻常地过着国难日子的寻常人，写信给他朋友说，他的嗓子虽然总是那么干哑，他却要哑着嗓子私下告诉他的朋友：他感到无论如何在这时候，他为这可爱的老国家带着血活着，或流着血或不流着血死去，他都觉得荣耀，异于寻常的，他现在对于生与死都必然感到满足。这话或许可以在许多心弦上叩起回响，我常思索这简单朴实的情感是从哪里来的。信念？像一道泉流透过意识，我开始明了理智同热血的冲动以外，还有个纯真的力量的出处。信心产生力量，又可储蓄力量。

信仰坐在我们中间多少时候了，你我可曾觉察到？信仰所给予我们的力量不也正是那坚忍韧性的倔强？我们都相信，我们只要都为它忠贞地活着或死去，我们的大国家自会永远地向前迈进，由一个时代到又一个时代。我们在这生是如此艰难，死是这样容易的时候，彼此仍会微笑点头的缘故也就在这里吧？现在生活既这样的彼此患难同味，这信心自是，我们此时最主要的联系，不信你问他为什么仍这样硬朗地活着，他的回答自然也是你的回答，如果他也问你。

信仰坐在我们中间多少时候了？那理智热情都不能代替的信心！

思索时许多事，在思流的过程中，总是那么晦涩，明了时自己都好笑所想到的是那么简单明显的事实！此时我拭下额汗，差不多可以意识到自己口边的纹路，我尊重着那酸甜的笑，因为我明白起来，它是力量。

话不用再说了，现在一切都是这么彼此，这么共同，个别的情绪这么不相干。当前的艰苦不是个别的，而是普遍的，充满整一个民族，整一个时代！我们今天所叫做生活的，过后它便是历史。客观的无疑我们彼此所熟识的艰苦正在展开一个大时代。所以别忽略了我们现在彼此地点点头。且最好让我们共同酸甜的笑纹，有力地，坚韧地，横过历史。

彼
此

蛛丝和梅花

□ 林徽因

真真地就是那么两根蛛丝，由门框边轻轻地牵到一枝梅花上。就是那么两根细丝，迎着太阳光发亮……再多了，那还像样么？一个摩登家庭如何能容蛛网在光天白日里作怪，管它有多美丽，多玄妙，多细致，够你对着它联想到一切自然造物的神工和不可思议处；这两根丝本来就该使人脸红，且在冬天够多特别！可是亮亮的，细细的，倒有点像银，也有点像玻璃制的细丝，委实不算讨厌，尤其是它们那么满脱风雅，偏偏那样有意无意地斜着搭在梅花的枝梢上。

你向着那丝看，冬天的太阳照满了屋内，窗明几净，每朵含苞的，开透的，半开的梅花在那里挺秀叶香，情绪不禁迷茫缥缈地充溢心胸，在那刹那的时间中振荡。同蛛丝一样的细弱，和不必需，思想开始抛引出去：由过去牵到将来，意识的，非意识的，由门框梅花牵出宇宙，浮云沧波踪迹不定。是人性，艺本，还是哲学，你也无暇计较，你不能制止你情绪的充溢，思想的驰骋，蛛丝梅花竟然是瞬息可以千里！

好比你是蜘蛛，你的周围也有你自织的蛛网，细致地牵引着天地，不怕多少次风雨来吹断它，你不会停止了这生命上基本的活动。此刻……"一枝斜好，幽香不知甚处，"……

拿梅花来说吧，一串串丹红的结蕊缀在秀劲的傲骨上，最可爱，最可赏，等半绽将开地错落在老枝上时，你便会心跳！梅花最怕开；开了便没话说。索性残了，沁香拂散，同夜里炉火都能成了一种温存的凄清。

记起了，也就是说到梅花，玉兰。初是有个朋友说起初恋时玉兰刚开完，天气每天的暖，住在湖旁，每夜跑到湖边林子里走路，又静坐幽僻石上看隔岸灯火，感到好像仅有如此虔诚地孤对一片泓碧寒星远市，才能把心里情绪抓紧了，放在最可靠最纯净的一撮思想里，始不至亵渎了或是惊着那"寤寐思服"的人儿。那是极年轻的男子初恋的情景，——对象渺茫高远，反而近求"自我的"郁结深浅——他问起少女的情绪。

就在这里，忽记起梅花。一枝两枝，老枝细枝，横着，虬着，描着影子，喷着细香；太阳淡淡金色地铺在地板上；四壁琳琅，书架上的书和书签都像在发出言语；墙上小对联记不得是谁的集句；中条是东坡的诗。你敛住气，简直不敢喘息，踏起脚，细小的身形嵌在书房中间，看残照当窗，花影摇曳，你像失落了什么，有点迷惘。又像"怪东风着意相寻"，有点儿没主意！浪漫，极端的浪漫。"飞花满地谁为扫？"你问，情绪风似地吹动，卷过，停留在惜花上面。再回头看看，花依旧嫣然不语。"如此娉婷，谁人解看花意，"你更沉默，几乎热情地感到花的寂寞，开始怜花，把同情统统诗意地交给了花心！

这不是初恋，是未恋，正自觉"解看花意"的时代。情绪的不同，不止是男子和女子有分别，东方和西方也甚有差异。情绪即使根本相同，情绪的象征，情绪所寄托，所栖止的事物却常常不同。水和星子同西方情绪的联系，早就成了习惯。一颗星子在蓝天里闪，一流冷涧倾泄一片幽愁的平静，便激起他们诗情的波涌，心里甜蜜地，热情地便唱着由那些鹅羽的笔锋散下来的"她的眼如同星子在暮天里闪"，或是"明丽如同单独的那颗星，照着晚来的天"，或"多少次了，在一流碧水旁边，忧愁倚下她低垂的脸"。

惜花，解花太东方，亲昵自然，含着人性的细致是东方传统的情绪。

此外年龄还有尺寸，一样是愁，却跃跃似喜，十六岁时的，微风零乱，不颓废，不空虚，踮着理想的脚充满希望，东方和西方却一样。人老了脉脉烟雨，愁吟或牢骚多折损诗的活泼。大家如香山，稼轩，东坡，放翁的白发华发，很少不梗在诗里，至少是令人不快。话说远了，刚说是惜花，东方老少都免不了这嗜好，这倒不论老的雪鬓曳杖，深闺里也就攒眉千度。

最叫人惜的花是海棠一类的"春红"，那样娇嫩明艳，开过了残红满地，太招惹同情和伤感。但在西方即使也有我们同样的花，也还缺乏我们的廊庑庭院。有了"庭院深深深几许"才有一种庭院里特有的情绪。如果李易安的"斜风细雨"底下不是"重门须闭"也就不"萧条"得那样深沉可爱；李后主的"终日谁来"也一样的别有寂寞滋味。看花更须庭院，深深锁在里面认识，不时还得有轩窗栏杆，给你一点凭藉，虽然也用不着十二栏杆倚遍，那么慵弱无聊。

当然旧诗里伤愁太多：一首诗竟像一张美的证券，可以照着市价去兑现！所以庭花，乱红，黄昏，寂寞太滥，诗常失却诚实。西洋诗，恋爱总站在前头，或是"忘掉"，或是"记起"，月是为爱，花也是为爱，只使全是真情，也未尝不太腻味。就以两边好的来讲。拿他们的月光同我们的月色比，似乎是月色滋味深长得多。花更不用说了；我们的花"不是预备采下缀成花球，或花冠献给恋人的"，却是一树一树绰约的，个性的，自己立在情人的地位上接受恋歌的。

所以未恋时的对象最自然的是花，不是因为花而起的感慨，——十六岁时无所谓感慨，——仅是刚说过的自觉解花的情绪，寄托在那清丽无语的上边，你心折它绝韵孤高，你为花动了感情，实说你同花恋爱，也未尝不可，——那惊讶狂喜也不减于初恋。还有那凝望，那沉思……

一根蛛丝！记忆也同一根蛛丝，搭在梅花上就由梅花枝上牵引出去，虽未织成密网，这诗意的前后，也就是相隔十几年的情绪的联络。

午后的阳光仍然斜照，庭院阒然，离离疏影，房里窗棂和梅花依然伴和成为图案，两根蛛丝在冬天还可以算为奇迹，你望着它看，真有点像银，也有点像玻璃，偏偏那么斜挂在梅花的枝梢上。

窗子以外

话从哪里说起？等到你要说话，什么话都是那样渺茫地找不到个源头。

此刻，就在我眼帘底下坐着是四个乡下人的背影：一个头上包着黯黑的白布，两个褪色的蓝布，又一个光头。他们支起膝盖，半蹲半坐的，在溪沿的短墙上休息。每人手里一件简单的东西：一个是白木棒，一个篮子，那两个在树荫底下我看不清楚。无疑地他们已经走了许多路，再过一刻，抽完一筒旱烟以后，是还要走许多路的。兰花烟的香味频频随着微风，袭到我官觉上来，模糊中还有几段山西梆子的声调，虽然他们坐的地方是在我廊子的铁纱窗以外。

铁纱窗以外，话可不就在这里了。永远是窗子以外，不是铁纱窗就是玻璃窗，总而言之，窗子以外！

所有的活动的颜色、声音、生的滋味，全在那里的，你并不是不能看到，只不过是永远地在你窗子以外罢了。多少百里的平原土地，多少区域的起伏的山峦，昨天由窗子外映进你的眼帘，那是多少生命日夜在活动着的所在；每一根青的什么麦黍，都有人流过汗；每一粒黄的什么米粟，都有人吃去；其间还有的是周折，是热闹，是紧张！可是你则并不一定能看见，因为那所有的周折，热闹，紧张，全都在你窗子以外展演着。

在家里罢，你坐在书房里，窗子以外的景物本就有限。那里两树马缨，几棵丁香；榆叶梅横出疯杈的一大枝；海棠因为缺乏阳光，每年只开个两三朵——叶子上满是虫蚁吃的创痕，还卷着一点焦黄的边；廊子幽秀地开着扇子式，六边形的格子窗，透过外院的日光，外院的杂音。什么送煤的来了。偶然你看到一个两个被煤炭染成黔黑的脸；什么米送到了，一个人捎着一大口袋在背上，慢慢踱过屏门；还有自来水、电灯、电话公司来收账的，胸口斜挂着皮口袋，手里推着一辆自行车；更有时厨子来个朋友了，满脸的笑容，"好呀，好呀！"地走进门房；什么赵妈的丈夫来拿钱了，那是每月一号一点都不差的，早来了你就听到两个人唧唧哝哝争吵的声浪。那里不是没有颜色，声音，生的一切活动，只是他们和你总隔个窗子，——扇子式的，六边形的，纱的，玻璃的！

你气闷了把笔一搁说，这叫做什么生活！你站起来，穿上不能算太贵的鞋袜，但这双鞋和袜的价钱也就比——想它做什么，反正有人每月的工资，一定只有这价钱的一半乃至于更少。你出去雇洋车了，拉车的嘴里所讨的价钱当然是要比例价高得多，难道你就傻子似地答应下来？不，不，三十二子，拉就拉，不拉，拉倒！心里也明白，如果真要充内行，你就该说，二十六子，拉就拉——但是你好意思争！

　　车开始辗动了，世界仍然在你窗子以外。长长的一条胡同，一个个大门紧紧地关着。就是有开的，那也只是露出一角，隐约可以看到里面有南瓜棚子，底下一个女的，坐在小凳上缝缝做做的；另一个，抓住还不能走路的小孩子，伸出头来喊那过路卖白菜的。至于白菜是多少钱一斤，那你是听不见了，车子早已拉得老远，并且你也无需乎知道的。在你每月费用之中，伙食是一定占去若干的。在那一笔伙食费里，白菜又是多么小的一个数。难道你知道了门口卖的白菜多少钱一斤，你真把你哭丧着脸的厨子叫来申斥一顿，告诉他每一斤白菜他多开了你一个"大子儿"？

　　车越走越远了，前面正碰着粪车，立刻你拿出手绢来，皱着眉，把鼻子蒙得紧紧的，心里不知怨谁好。怨天做的事太古怪，好好的美丽的稻麦却需要粪来浇！怨乡下人太不怕臭，不怕脏，发明那么两个篮子，放在鼻前手车上，推着慢慢走！你怨市里行政人员不认真办事，如此脏臭不卫生的旧习不能改良，十余年来对这粪车难道真无办法？为着强烈的臭气隔着你窗子还不够远，因此你想到社会卫生事业如何还办不好。

窗子以外

165

路渐渐好起来，前面墙高高的是个大衙门。这里你简直不止隔个窗子，这一带高高的墙是不通风的。你不懂里面有多少办事员，办的都是什么事：多少浓眉大眼的，对着乡下人做买卖的吆喝诈取，多少个又是脸黄黄的可怜虫，混半碗饭分给一家子吃。自欺欺人，里面天天演的到底是什么把戏？但是如果里面真有两三个人拼了命在那里奋斗，为许多人争一点便利和公道，你也无从知道！

到了热闹的大街了，你仍然像在特别包厢里看戏一样，本身不会，也不必参加那出戏；倚在栏杆上，你在审美的领略，你有的是一片闲暇。但是如果这里洋车夫问你在哪里下来，你会吃一惊，仓卒不知所答，生活所最必需的你并不缺乏什么，你这出来就也是不必需的活动。

偶一抬头，看到街心和对街铺子前面那些人，他们都是急急忙忙地，在时间金钱的限制下采办他们生活所必需的。两个女人手忙脚乱地在监督着店里的伙计称秤。二斤四两，二斤四两的什么东西，且不必去管，反正由那两个女人的认真的神气上面看去，必是非同小可，性命交关的货物。并且如果称得少点时，那两个女人为那点吃亏的分量必定感到重大的痛苦；如果称得多时，那伙计又知道这年头那损失在东家方面真不能算小。于是那两边的争持是热烈的，必需的，大家声音都高一点：女人脸上呈块红色，头发披下了一缕，又用手抓上去；伙计则维持着客气，口里嚷着：错不了，错不了！

热烈的，必需的，在车马纷纭的街心里，忽然由你车边冲出来两个人；男的，女的，各各提起两脚快跑。这又是干什么的，你心想，电车正在拐大弯。那两个原就追着电车，由轨道旁边擦过去，一边追着，一边向电车上卖票的说话。电车是不容易赶的，你在洋车上真不禁替那伤心里奔走赶车的担心。但是你也知道如果这趟没赶上，他就可以在街旁站个半点来钟，那些宁可望穿秋水不雇洋车的人，也就是因为他们的生活而必需计较和节省到洋车同电车价钱上那相差的数目。

此刻洋车跑得很快，你心里继续着疑问你出来的目的，到底采办一些什么必需的货物。眼看着男男女女挤在市场里面，门首出来一个进去一个，手里都是持着包包裹裹，里边虽然不会全是他们当日所必需的，但是如果当中夹着一盒稍微奢侈的物品，则亦必是他们生活中间闪着亮光的一个愉快！你不是听见那人说么？里面草帽，一块八毛五，贵倒贵点，可是"真不赖"！他提一提帽盒向着打招呼的朋友，他摸一摸他那剃得光整的脑袋，微笑充满了他全个脸。那时那一点迸射着光闪的愉快，当然的归属于他享受，没有一点疑问，因为天知道，这一年中他多少次地克己省俭，使他赚来这一次美满的，大胆的奢侈！

那点子奢侈在那人身上所发生的喜悦，在你身上却完全失掉作用，没有闪一星星亮光的希望！你想，整年整月你所花费的，和你那窗子以外的周围生活程度一比较，严格算来，可不都是非常靡费的用途？每奢侈一次，你心上只有多难过一次，所以车子经过的那些玻璃窗口，只有使你更惶恐，更空洞，更怀疑，前后彷徨不着边际。并且看了店里那些形形色色的货物，除非你真是傻子，难道不晓得它们多半是由那一国工厂里制造出来的！奢侈是不能给你愉快的，它只有要加增你的戒惧烦恼。每一尺好看点的纱料，每一件新鲜点的工艺品！

你诅咒着城市生活，不自然的城市生活！检点行装说，走了，走了，这沉闷没有生气的生活，实在受不了，我要换个样子过活去。健康的旅行既可以看看山水古刹的名胜，又可以知道点内地纯朴的人情风俗。走了，走了，天气还不算太坏，就是走他一个月六礼拜也是值得的。

没想到不管你走到哪里，你永远免不了坐在窗子以内的。不错，许多时髦的学者常常骄傲地带上"考察"的神气，架上科学的眼镜，偶然走到哪里一个陌生的地方瞭望，但那无形中的窗子是仍然存在的。不信，你检查他们的行李，有谁不带着罐头食品，帆布床，以及别的证明你还在你窗子以内的种种零星用品，你再摸一摸他们的皮包，那里短不了有些钞票；一到一个地方，你有的是一个提梁的小小世界。不管你的窗子朝向哪里望，所看到的多半则仍是在你窗子以外，隔层玻璃，或是铁纱！隐隐约约你看到一些颜色，听到一些声音。如果你私下满足了，那也没有什么，只是千万别高兴起说什么接触了，认识了若干事物人情，天知道那是罪过！洋鬼子们的一些浅薄，千万学不得。

你是仍然坐在窗子以内的，不是火车的窗子，汽车的窗子，就是客栈逆旅的窗子，再不然就是你自己无形中习惯的窗子，把你搁在里面。接触和认识实在谈不到，得天独厚的闲暇生活先不容你。一样是旅行，如果你背上搁的不是照相机而是一点做买卖的小血本，你就需要全副的精神来走路；你得留神投宿的地方；你得计算一路上每吃一次烧饼和几颗沙果的钱；遇着同行的战战兢兢地打招呼，互相捧出诚意，遇着困难时好互相关照帮忙，到了一个地方你是真带着整个血肉的身体到处碰运气，紧张的境遇不容你不奋斗，不与其他奋斗的血和肉的接触，直到经验使得你认识。

前日公共汽车里一列辛苦的脸，那些谈话，里面就有很多生活的分量。陕西过来做生意的老头和那旁坐的一股客气，是不得已的：由交城下车的客人执着红粉包纸烟递到汽车行管事手里也是有多少理由的，穿棉背心的老太婆默默地挟住一个蓝布包袱，一个钱包，是在用尽她的全副本领的，果然到了冀村，她错过站头，还亏别个客人替她要求车夫，将汽东退行两里路，她还不大相信地望着那村站，口里噜苏着这地方和上次如何两样了。开车的一面发牢骚一面爬到车顶替老太婆拿行李，经验使得他有一种涵养，行旅中少不了有认不得路的老太太，这个道理全世界是一样的，伦敦警察之所以特别和蔼，也是从迷路的老太太孩子们身上得来的。

话说了这许多，你仍然在廊子底下坐着，窗外送来溪流的喧响，兰花烟气味早已消失，四个乡下人这时候当已到了上流"庆和义"磨坊前面。昨天那里磨坊的伙计很好笑的满脸挂着面粉，让你看着磨坊的构造；坊下的木轮，屋里旋转着的石碾，又在高低的院落里，来回看你所不经见的农具在日影下列着。院中一棵老槐、一丛鲜艳的杂花、一条曲曲折折引水的沟渠，伙计和气地说闲话。他用着山西口音，告诉你，那里一年可出五千多包的面粉，每包的价钱约略两块多钱。又说这十几年来，这一带因为山水忽然少了，磨坊关闭了多少家，外国人都把那些磨坊租去做他们避暑的别墅。惭愧的你说，你就是住在一个磨坊里面，他脸上堆起微笑，让面粉一星星在日光下映着，说认得认得，原来你所租的磨坊主人，一个外国牧师，待这村子极和气，乡下人和他还都有好感情。

这真是难得了，并且好感的由来还有实证。就是那一大早上你无意中出去探古寻胜，这一省山明水秀，古刹寺院，动不动就是宋辽的原物，走到山上一个小村的关帝庙里，看到一个铁铎，刻着万历年号，原来是万历赐这村里庆成王的后人的，不知怎样流落到卖古董的手里。七年前让这牧师买去，晚上打着玩，嘹亮的钟声被村人听到，急忙赶来打听，要凑原价买回，情辞恳切。说起这是他们吕姓的祖传宝物，决不能让它流落出境，这牧师于是真个把铁铎还了他们，从此便在关帝庙神前供着。

这样一来你的窗子前面便展开了一张浪漫的图画，打动了你的好奇，管它是隔一层或两层窗子，你也忍不住要打听点底细，怎么明庆成王的后人会姓吕！这下子文章便长了。

如果你的祖宗是皇帝的嫡亲弟弟，你是不会，也不愿，忘掉的。据说庆成王是永乐的弟弟，这赵庄村里的人都是他的后代。不过就是因为他们记得太清楚了，另一朝的皇帝都有些老大不放心，雍正间诏命他们改姓，由姓朱改为姓吕，但是他们还有用二十字排行的方法，使得他们不会弄错他们是这一脉子孙。

这样一来你就有点心跳了，昨天你雇来那打水洗衣服的不也是赵庄村来的，并且还姓吕！果然那土头土脑圆脸大眼的少年是个皇裔贵族。真是有失尊敬了。那么这村子一定穷不了，但事实上则不见得。

田亩一片，年年收成也不坏。家家户户门口有特种围墙，像个小小堡垒——当时防匪用的。屋子里面有大漆衣柜衣箱，柜门上白铜擦得亮亮：炕上棉被红红绿绿也颇鲜艳。可是据说关帝庙里已有四年没有唱戏了，虽然戏台还高巍巍地对着正殿。村子这几年穷了，有一位王孙告诉你，唱戏太花钱，尤其是上边使钱。这里到底是隔个窗子，你不懂了，一样年年好收成，为什么这几年村子穷了，只模模糊糊听到什么军队驻了三年多等，更不懂是，村子向上一年辛苦后的娱乐，关帝庙里唱唱戏，得上面使钱？既然隔个窗子听不明白，你就通气点别尽管问了。

隔着一个窗子你还想明白多少事？昨天雇来吕姓倒水，今天又学洋鬼子东逛西逛，跑到下面养着鸡羊，上面挂有武魁匾额的人家，让他们用你不懂得的乡音招呼你吃菜，炕上坐，坐了半天出到门口，和那送客的女人周旋客气了一回，才恍然大悟，她就是替你倒脏水洗衣裳的吕姓王孙的妈，前晚上还送饼到你家来过！

　　这里你迷糊了。算了算了！你简直老老实实地坐在你窗子里得了，窗子以外的事，你看了多少也是枉然，大半你是不明白，也不会明白的。

雪

□ 鲁　彦

美丽的雪花飞舞起来了。我已经有三年不曾见着它。

去年在福建，仿佛比现在更迟一点，也曾见过雪。但那是远处山顶的积雪，可不是飞舞着的雪花。在平原上，它只是偶然的随着雨点洒下来几颗，没有落到地面的时候。它的颜色是灰的，不是白色；它的重量像是雨点，并不会飞舞。一到地面，它立刻融成了水，没有痕迹，也未尝跳跃，也未尝发出窸窣的声音，像江浙一带下雪时的模样。这样的雪，在四十年来第一次看见它的老年的福建人，诚然能感到特别的意味，谈得津津有味，但在我，却总觉得索然。"福建下过雪"，我可没有这样想过。

我喜欢眼前飞舞着的上海的雪花。它才是"雪白"的白色，也才是花一样的美丽。它好像比空气还轻，并不从半空里落下来，而是被空气从地面卷起来的。然而它又像是活的生物，像夏天黄昏时候的成群的蚊蚋，像春天流蜜时期的蜜蜂，它的忙碌的飞翔，或上或下，或快或慢，或粘着人身，或拥入窗隙，仿佛自有它自己的意志和目的。它静默无声。但在它飞舞的时候，我们似乎听见了千百万人马的呼号和脚步声，大海的汹涌的波涛声，森林的狂吼声，有时又似乎听见了情人的窃窃的密语声，礼拜堂的平静的晚祷声，花园里的欢乐的鸟歌声……它所带来的是阴沉与严寒。但在它的飞舞的姿态中，我们看见了慈善的母亲，柔和的情人，活泼的孩子，微笑的花，温暖的太阳，静默的晚霞……它没有气息。但当它扑到我们面上的时候，我们似乎闻到了旷野间鲜洁的空气的气息，山谷中幽雅的兰花的气息，花园里浓郁的玫瑰的气息，清淡的茉莉花的气息……

在白天，它做出千百种婀娜的姿态；夜间，它发出银色的光辉，照耀着我们行路的人，又在我们的玻璃窗上札札地绘就了各式各样的花卉和树木，斜的，直的，弯的，倒的。还有那河流，那天上的云……

现在，美丽的雪花飞舞了。我喜欢，我已经有三年不曾见着它。我的喜欢有如四十年来第一次看见它的老年的福建人。

但是，和老年的福建人一样，我回想着过去下雪时候的生活，现在的喜悦就像这钻进窗隙落到我桌上的雪花似的，渐渐融化，而且立刻消失了。

记得某年在北京的一个朋友的寓所里，围着火炉，煮着全中国最好的白菜和面，喝着酒，剥着花生，谈笑得几乎忘记了身在异乡；吃得满面通红，两个人一路唱着，一路踏着吱吱地叫着的雪，踉跄的从东长安街的起头蹀到西长安街的尽头，又忘记了正是异乡最寒冷的时候。这样的生活，和今天的一比，不禁使我感到惘然。上海的朋友们都像是工厂里的机器，忙碌得一刻没有休息；而在下雪的今天，他们又叫我一个人看守着永不会有人或电话来访问的房子。这是多么孤单，寂寞，乏味的生活。

"没有意思！"我听见过去的我对今天的我这样说了。正像我在福建的时候，对四十年来第一次看见雪的老年的福建人所说的一样。

但是，另一个我出现了。他是足以对着过去的北京的我射出骄傲的眼光来的我。这个我，某年在南京下雪的时候，曾经有过更快活的生活：雪落得很厚，盖住了一切的田野和道路。我和我的爱人在一片荒野中走着。我们辨别不出路径来，也并没有终止的目的。我们只让我们的脚欢喜怎样就怎样。我们的脚常常欢喜踏在最深的沟里。我们未尝感到这是旷野，这是下雪的时节。我们仿佛是在花园里，路是平坦的，而且是柔软的。我们未尝觉得一点寒冷，因为我们的心是热的。

"没有意思！"我听见在南京的我对在北京的我这样说了。正像在北京的我对着今天的我所说的一样，也正像在福建的我对着四十年来第一次看见雪的老年的福建人所说的一样。

然而，我还有一个更可骄傲的我在呢。这个我，是有过更快乐的生活的，在故乡：冬天的早晨，当我从被窝里伸出头来，感觉到特别的寒冷，隔着蚊帐望见天窗特别的阴暗，我就首先知道外面下了雪了。"雪落啦白洋洋，老虎拖娘娘……"这是我躺在被窝里反复地唱着的欢迎雪的歌。别的早晨，照例是母亲和姊姊先起床，等她们煮熟了饭，拿了火炉来，代我烘暖了衣裤鞋袜，才肯钻出被窝，但是在下雪天，我就有了最大的勇气。我不需要火炉，雪就是我的火炉。我把它捻成了团，捧着，丢着。我把它堆成了一个和尚，在它的口里，插上一支香烟。我把它当做糖，放在口里。地上的厚的积雪，是我的地毡，我在它上面打着滚，翻着筋斗。它在我的底下发出嘻嘻的笑声，我在它上面哈哈地回答着。我的心是和它合一的。我和它一样的柔和，和它一样的洁白。我同它到处跳跃，我同它到处飞跑着。我站在屋外，我愿意它把我造成一个雪和尚，我躺在地上愿意它像母亲似的在我身上盖下柔软的美丽的被窝。我愿意随着它在空中飞舞。我愿意随着它落在人的肩上。我愿意雪就是我，我就是雪。我年青。我有勇气。我有最宝贵的生命的力。我不知道忧虑，不知道苦恼和悲哀……

"没有意思！你这老年人！"我听见幼年的我对着过去的那些我这样说了。正如过去的那些我骄傲地对别个所说的一样。

不错，一切的雪天的生活和幼年的雪天的生活一比，过去和现在的喜悦是像这钻进窗隙落到我桌上的雪花一样，渐渐融化，而且立刻消失了。

然而对着这时穿着一袭破单衣，站在屋角里发抖的或竟至于僵死在雪地上的穷人，则我的幼年时候快乐的雪天生活的意义，又如何呢？这个他对着这个我，不也在说着"没有意思！"的话吗？

而这个死有完肤的他，对着这时正在零度以下的长城下，捧着冻结了的机关枪，即将被炮弹打成雪片似的兵士，则其意义又将怎样呢？"没有意思！"这句话，该是谁说呢？

天呵，我不能再想了。人间的欢乐无平衡，人间的苦恼亦无边限。世界无终极之点，人类亦无末日之时。我既生为今日的我，为什么要追求或留念今日的我以外的我呢？今日的我虽说是寂寞地孤单地看守着永没有人或电话来访问的房子，但既可以安逸地躲在房子里烤着火，避免风雪的寒冷；又可以隔着玻璃，诗人一般的静默地鉴赏着雪花飞舞的美的世界，不也是足以自满的吗？

抓住现实。只有现实是最宝贵的。

眼前雪花飞舞着的世界，就是最现实的现实。

看呵！美丽的雪花在飞舞着呢。这就是我三年来相思着而不能见到的雪花。

故乡的杨梅

□ 鲁　彦

过完了长期的蛰伏生活，眼看着新黄嫩绿的春天爬上了枯枝，正欣喜着想跑到大自然的怀中，发泄胸中的郁抑，却忽然病了。

唉，忽然病了。

我这粗壮的躯壳，不知道经过了多少炎夏和严冬，被轮船和火车抛掷过多少次海角与天涯，尝受过多少辛劳与艰苦，从来不知道颤栗或疲倦的呵，现在却呆木的躺在床上，不能随意的转侧了。

尤其是这躯壳内的这一颗心。它历年可是铁一样的。对着眼前的艰苦，它不会畏缩；对着未来的憧憬，它不肯绝望；对着过去的痛苦，它不愿回忆的呵，然而现在，它却尽管凄凉的往复的想了。

唉，唉，可悲呵，这病着的躯壳的病着的心。尤其是对着这细雨连绵的春天。

这雨，落在西北，可不全像江南的故乡的雨吗？细细的，丝一样，若断若续的。

故乡的雨，故乡的天，故乡的山河和田野……还有那蔚蓝中衬着整齐的金黄的菜花的春天，藤黄的稻穗带着可爱的气息的夏天，蟋蟀和纺织娘们在濡湿的草中唱着诗的秋天，小船吱吱地触着沉默的薄冰的冬天……还有那熟识的道路，还有那亲密的故居……

不，不，我不想这些，我现在不能回去，而且是病着，我得让我的心平静：恢复我过去的铁一般的坚硬，告诉自己：这雨是落在西北，不是故乡的雨——而且不像春天的雨，却像夏天的雨。

不要那样想吧，我的可怜的心呵，我的头正像夏天的烈日下的汽油缸，将要炸裂了，我的嘴唇正干燥得将要迸出火花来了呢。让这夏天的雨来压下我头部的炎热，让……让……

唉，唉，就说是故乡的杨梅吧……它正是在类似这样的雨天成熟的呵。

故乡的食物，我没有比这更喜欢的了。倘若我爱故乡，不如就说我完全是爱的这叫做杨梅的果子吧。

呵，相思的杨梅！它有着多么惊异的形状，多么可爱的颜色，多么甜美的滋味呀。

它是圆的，和大的龙眼一样大小，远看并不稀奇，拿到手里，原来它是遍身生着刺的哩。这并非是它的壳，这就是它的肉。不知道的人，一定以为这满身生着刺的果子是不能进口的了，否则也须用什么刀子削去那刺的尖端的吧？然而这是过虑。

它原来是希望人家爱它吃它的。只要等它渐渐长熟，它的刺也渐渐软了，平了。那时放到嘴里，软滑之外还带着什么感觉呢？

没有人能想得到，它还保存着它的特点，每一根刺平滑的在舌尖上触了过去，细腻柔软而且亲切——这好比最甜蜜的吻，使人迷醉呵。

颜色更可爱呢。它最先是淡红的，像娇嫩的婴儿的面颊，随后变成了深红，像是处女的害羞，最后黑红了——不，我们说它是黑的。然而它并不是黑，也不是黑红，原来是红的。太红了，所以像是黑。轻轻地啄开它，我们就看见了那新鲜红嫩的内部，同时我们已染上了一嘴的红水。说他新鲜红嫩，有的人也许以为一定像贵妃的肉色似的荔枝吧？嗳，那就错了。荔枝的光色是呆板的，像玻璃，像鱼目；杨梅的光色却是生动的，像映着朝霞的露水呢。

滋味吗？没有十分成熟是酸带甜，成熟了便单是甜。这甜味可决不使人讨厌，不但爱吃甜味的人尝了一下舍不得丢掉，就连不爱吃甜味的人也会完全给它吸引住，越吃越爱吃。它是甜的，然而又依然是酸的，而这酸味，我们须待吃饱了杨梅以后，再吃别的东西的时候，才能领会得到。那时我们才知道自己的牙齿酸了，软了，连豆腐也咬不下了，于是我们才恍然悟到刚才吃多了酸的杨梅。我们知道这个，然而我们仍然爱它，我们仍须吃一个大饱。它真是世上最迷人的东西。

唉，唉，故乡的杨梅呵。

细雨如丝的时节，人家把它一船一船的载来，一担一担的挑来，我们一篮一篮的买了进来，挂一篮在檐口下，放一篮在水缸盖上，倒上一脸盆，用冷水一洗，一颗一颗的放进嘴里，一面还没有吃了，一面又早已从脸盆里拿起了一颗，一口气吃了一二十颗，有时来不及把它的核——吐出来，便一直吞进了肚里。

"生了虫呢……蛇吃过了呢……"母亲看见我们吃得快，吃得多，便这样地说了起来，要我们仔细的看一看，多多的洗一番。

但我们并不管这些，它成了我们的生命，我们越吃越快了。

"好吃，好吃，"我们心里这样想着，嘴里却没有余暇说话。待肚子胀上加胀，胀上加胀，眼看着一脸盆的杨梅吃得一颗也不留，这才呆笨的挺着肚子，走了开去，叹气似的嘘出一声"咳"来……

唉，可爱的故乡的杨梅呵。

一年，二年……我已有十六七年不曾尝到它的滋味了。偶而回到故乡，不是在严寒的冬天，便是在酷热的夏天，或者杨梅还未成熟，或者杨梅已经落完了。这中间，曾经有两次，在异地见到过杨梅，比故乡的小，比故乡的酸，颜色又不及故乡的红。我想回味过去，把它买了许多来。

"长在树上，有虫爬过，有蛇吃过呢……"

我现在成了大人，有了知识，爱惜自己的生命甚于杨梅了。

我用沸滚的开水去细细地洗杨梅，觉得还不够消除那上面的微菌似的。

于是它不但更不像故乡的，简直不是杨梅了。我只尝了一二颗，便不再吃下去。

最后一次我终于在离故乡不远的地方见到了可爱的故乡的杨梅。

然而又因为我成了大人，有了知识，爱惜自己的生命甚于杨梅，偶然发现一条小虫，也就拒绝了回味的欢愉。

现在我的味觉也显然改变了，即使回到故乡，遇到细雨如丝的杨梅时节，即使并不害怕从前的那种吃法，我的舌头应该感觉不出从前的那种美味了，我的牙齿应该不能像从前似的能够容忍那酸性了。

唉，故乡离开我愈远了。

我们中间横着许多鸿沟。那不是千万里的山河的阻隔，那是……

唉，唉，我到底病了。我为什么要想到这些呢？

看呵，这眼前的如丝的细雨，不是若断若续的落在西北的春天里吗？

寂　寞

□ 鲁　彦

忽然回忆起往日，就怀念到寂寞，起了怅惘之感。

在那矗立的松树下，松软的黄土上，她常常陪着我坐着，不说一句话。我从稀疏的枝叶织成的篮网间，望着天空的白云，看见了云的流动，看见了它所给与枝叶的各种奇特的颜色。我想知道这情景给与她的是些什么，但她只是闭着口，静默着连眼睛也不稍微向我转动一下。

我站起来，向着那斜坡上的小径走去，她也跟了走来。我默默地数着自己的脚步，轻声地踏着地上的沙砾。我仿佛听见了一种切切的密语。我想问她听见了一些什么，但她只是低着头在后面跟着，仿佛没有看见她前面的人，只是静默着。

　　我停住在一个坟墓的前面，望着它顶上战栗着的那些小草。我仿佛看见了那里有人走过。我记不起那熟识的影子是谁。我想问她，但她转过身去，用背对着我，只是静默着。

　　我走到了一道小河的旁边，我就坐在那木桥的一头。她也在我旁边坐了下来。我静静地望着那流水，那浮萍，倾听着小鱼的跳跃声，想到了很多很多的事情。我感到了抑郁，从心底里哼出了不可遏抑的叹息。但她没有听见似的，全不安慰我，也不问我。我看见了自己的影子，我哭了。我的眼泪落到流水上，发出响亮的声音，流水涌了起来，滚到了我的脚边。我发了狂，我想走下去，因为我爱那流水。但是她毫不感到恐怕，她仿佛完全不知道我想的什么。她只是低着头，合着眼，闭着嘴，静默着，静默着。

　　我对她起了厌恶，我走了，我不准她再跟着我，我把她毫不留情地推了开去。我离开她走到了很远很远的地方。我发誓永不再见她。

　　但是那矗立的松树和松软的黄土，那斜坡的小径和沙砾，和那坟墓上的小草，以及那流水，木桥，浮萍，都和我太熟识了，我几乎能够数出它们的每一根纤维。它们和我是那样的亲切。

　　我愿意再回到那里，和它们盘桓，再让寂寞陪伴着我！

新的枝叶

□ 鲁　彦

许久不曾出城了，原来连岩石上也长了新的枝叶。隐蔽着小径的春草，多么引人怜惜。虽是野生的植物，毕竟刚生长呀。这里可也存在着泼刺的生命，给风雨吹润着，阳光抚爱着，希望苗壮地成长起来的。夏天一到，不就茂密而且高大，变成了音乐的摇篮吗？

看呵，那细嫩的枝体，怯弱的姿态，清冽的呼吸，虽是无知的小小生命，也够可爱了。谁不想加以亲切的抚摩，报以温和的微笑呢？

这样想着，我依恋地轻缓地走在小径上，生怕给与可爱的春草重大的伤害。我厌憎那在我身边急促地走过的人们。他们用粗暴而且沉重的脚步到处蹂躏着，对那吱吱的惨叫着的声音，也不生一点同情。

然而，世上还有比这更使人切齿地厌恶的。

在前面，一幢新的小屋旁．离我不十分远的地方，突然出现了一棵奇异的树木。枯萎的叶子，焦黑的枝干。是曾经被猛烈的火焰燃烧过的。我不禁愤怒得连毛发也竖起来了。

几个月的，那时还是冬天，我曾经到过这地方。我看见了一堆瓦砾，一堆余烬未熄的木料，和这样一棵刚被燃烧过的树木。不知是在这树木的那一边，许多人团做了一团，叹息着，悲愤着。我看见一个失了血色的小小的脸庞躺在地上……

是魔手在这里抛下了恶毒的炸弹，戕害着这小小的生命！

现在，他不复在这地上了，地上铺满了青色的娇嫩怯弱的春草。瓦砾堆上已经建筑起新的小屋。而那还残留着燃烧的痕迹的树木，也已渐渐苏醒过来，在丫杈间伸出了短小的嫩芽。

希望是无穷的，人的力和自然的力在改换着世界。但把仇恨记在心头吧，被戕害的是个可爱的小小的生命呵！倘使他活着，转瞬间不就是个茁壮的青年吗？

即使在岩石上，也要生长出新的枝叶呀！

永久的憧憬和追求

□ 萧　红

一九一一年，在一个小县城里边，我生在一个小地主的家里。那县城差不多就是中国的最东最北部——黑龙江省——所以一年之中，倒有四个月飘着白雪。

父亲常常为着贪婪而失掉了人性。他对待仆人，对待自己的儿女，以及对待我的祖父都是同样的吝啬而疏远，甚至于无情。

有一次，为着房客租金的事情，父亲把房客的全套的马车赶了过来。房客的家属们哭着，诉说着，向我的祖父跪了下来，于是祖父把两匹棕色的马从车上解下来还了回去。

为着这两匹马，父亲向祖父起着终夜的争吵。"两匹马，咱们是算不了什么的，穷人，这两匹马就是命根。"祖父这样说着，而父亲还是争吵。

九岁时，母亲死去。父亲也就更变了样，偶然打碎了一只杯子，他就要骂到使人发抖的程度。后来就连父亲的眼睛也转了弯，每从他的身边经过，我就像自己的身上生了针刺一样；他斜视着你，他那高傲的眼光从鼻梁经过嘴角而后往下流着。

所以每每在大雪中的黄昏里，围着暖炉，围着祖父，听着祖父读着诗篇，看着祖父读着诗篇时微红的嘴唇。

父亲打了我的时候，我就在祖父的房里，一直面向着窗子，从黄昏到深夜——窗外的白雪，好像白棉花一样飘着；而暖炉上水壶的盖子，则像伴奏的乐器似的振动着。

祖父时时把多纹的两手放在我的肩上，而后又放在我的头上，我的耳边便响着这样的声音：

"快快长吧！长大就好了。"

二十岁那年，我就逃出了父亲的家庭。直到现在还是过着流浪的生活。

"长大"是"长大"了，而没有"好"。

可是从祖父那里，知道了人生除掉了冰冷和憎恶而外，还有温暖和爱。

所以我就向这"温暖"和"爱"的方面，怀着永久的憧憬和追求。

春的欢悦与感伤

□ 夏丏尊

　　四季之中，向推"春秋多佳日"，而春尤为人所礼赞。自古就有许多颂扬春的话，春未到先要迎盼，春一去不免依恋。春继冬而至，使人从严寒转入温暖，且为万物萌动的季节，在原始时代，人类的活动与食物都从春开始获得，男女配偶也都在春完成。就自然状态说，春确是值得欢迎的。

　　可是自然与人事并不一定调和，自古文辞中于"惜春""迎春"等类题材以外，还有"伤春""春怨"等类的题目。"闺中少妇不知愁，春日凝妆上翠楼。忽见陌头杨柳色，悔教夫婿觅封侯。"这是唐人王昌龄的诗，"三分春色二分愁，更一分风雨。"这是宋人叶清臣的词，都是写春的感伤的。其感伤的原因，全在人事之不如意。社会愈复杂，人事上的不如意越多，结果对于季节的欢悦的事情减少，感伤的事情加多。这情形正像贫家小孩盼新年快到，而做父母的因债务关系想到过年就害怕。

我每年也曾无意识地以传统的情怀，从冬天盼望春光早些来到。可是真从春天得到春的欢悦的，有生以来，除未经世故的儿时外，可以说并没有几次。譬如说吧，此刻正是三月十三日的夜半，真是所谓春宵了，我却不曾感到春宵的欢喜，一家之中轮番地患着春季特有的流行性感冒，我在灯下执笔写字，差不多每隔一二分钟要听到妻女们的呻吟和干咳一次。邻家收音机和麻雀牌的喧扰声阵阵地刺入我的耳朵，尤使我头痛。至于日来受到的事务上经济上的烦闷，且不去说它。

都市中没有"燕子"，也没有"垂杨"，局促在都市中的人，是难得见到春日的景物的。前几天吃到油菜心和马兰头的时候，我不禁起了怀乡之念，想起故乡的春日的光景来。我所想的只是故乡的自然界，园中菜花已发黄金色了吧，燕子已回来了吧，窗前的老梅已结子如豆了吧，杜鹃已红遍了屋后的山上了吧……只想着这些，怕去想到人事。因为乡村的凋敝我是知道的，故乡人们的困苦情形我知道得更详细。

宋人张演《社日村居》诗云："鹅湖山下稻粱肥，豚栅鸡栖对掩扉。桑柘影斜春社散，家家扶得醉人归。"这首诗中所写的只是乡村春景的一角，原没有什么大了不得，可是和现在的乡间情形比较起来，已好像是羲皇以前的事了。

春到人间，据日历上所记已好久了，但是春在哪里呢？有人说"在杨柳梢头"，又有人说"在油菜花间"，也许是的吧，至于我们一般人的身上，是不大有人能找得到的。

一个追忆

□ 夏丏尊

这是四五年前的事。

钱塘江江心忽然涨起了一条长长的土埂，有三四里路阔，把江面划分为二。杭州、西兴之间，往来的人要摆两次渡，先渡到土埂，再走三四里路，或坐三四里路的黄包车，到土埂尽头，再上渡船到彼岸去。这情形继续了大半年，据说是百年来从未有过的奇观。

不会忘记：那是废历九月十八的一天。我从白马湖到上海来，因为杭州方面有点事情，就不走宁波，打杭州转。在曹娥到西兴的长途中，有许多人谈起钱塘江中的土埂；什么"世界两样了，西湖搬进了城里，钱塘江有了两条了"咧，"据说长毛以前，江里也起过块，不过没有这样长久，怪不得现在世界又不太平"咧，我已有许久不渡钱塘江了，只是有趣味地听着。

　　到西兴江边已下午四时光景，果然望见江心有土埂突出在那里，还有许多行人和黄包车在跑动。下渡船后，忽然记得今天是九月十八，依照从前八月十八看潮的经验，下午四五时之间是有潮的。"如果不凑巧，在土埂上行走着的当儿碰见潮来，将怎样呢？"不觉暗自耽心起来。旅客之中，也有几个人提起潮的，大家相约："看情形再说，如果潮要来了，就不上土埂，停在渡船里。待潮过了再走。"

　　渡船到土埂时，几十部黄包车夫来兜生意，说"潮快来了，快坐车子去！"大部分的旅客都跳上了岸。我方才相约慢走的几位，也一个个地管自乘车去了。渡船中除我以外，只剩了二三个人。四五部黄包车向我们总攻击，他们打着萧山话，有的说"拉到渡船头尚来得及"，有的说"这几天即使有潮也是小小的。我们日日在这里，难道不晓得？"我和留着的几位结果也都身不由主地上了黄包车。

　　坐在黄包车上耽心着遇见潮，恨不得快到前方的渡头。哪里知道拉到一半路程的时候，前方的渡船已把跳板抽起要开行了。江心的设渡是临时的，只有渡船没有趸船。前方已没有船可乘，四边有人喊"潮要到了！"不坐人的黄包车都在远远地向浅滩逃奔，土埂上只剩了我们三四部有人的车子。结果只有向后转，回到方才来的原渡船去。幸而那只渡船载着从杭州到四川去的旅客还未开行。

四围寂无人声，隆隆的潮声已听到了。车夫一面飞奔，一面喊"救命！"我们也喊"救命！""放下跳板来！"

逃上跳板的时候，潮头已望得见。船上的旅客们把跳板再放下一块，挤得阔阔地，协力将黄包车也拉了上来。潮头就到船下了，潮意外地大，船一高一低地颠簸得很凶，可是我在这瞬间却忘了波涛的险恶，深深地感到生命的欢喜和人间的同情。

潮过以后，船开到西兴去，我们这几个人好像学校落第生似地再从西兴重新渡到杭州。天已快晚，隐约中望得见隔江的灯火；潮水把土埂涨没，钱塘江已化零为整；船可直驶杭州渡头，不必再在江心坐黄包车了。船行到江心土埂的时候，我们困难之交中有一位，走到船头，把篙子插到水里去看有多少深，居然一篙子还不到底。

"险啊！如果浸在潮里，我们现在不知怎样了！"他放好篙子说，把舌头伸出得长长地。"想不得了，还是不去想他好。"一个患难之交说。

我觉得他们的话都有道理。

书

□　朱　湘

　　拿起一本书来，先不必研究它的内容，只是它的外形，就已经很够我们赏鉴了。

　　那眼睛看来最舒服的黄色毛边纸，单是纸色已经在我们的心目中引起一种幻觉，令我们以为这书是一个逃免了时间之摧残的遗民。它所以能幸免而来与我们相见的这段历史的本身，就已经是一本书，值得我们思索、感叹，更不须提起它的内含的真或美了。

　　还有那一个个正方的形状，美丽的单字，每个字的构成，都是一首诗；每个字的沿革，都是一部历史。飙是三条狗的风：在秋高草枯的旷野上，天上是一片青，地上是一片赭，中

书

195

疾的猎犬风一般快地驰过，嗅着受伤之兽在草中滴下的血腥，顺了方向追去，听到枯草飒索地响，有如秋风卷过去一般。昏是婚的古字：在太阳下了山，对面不见人的时候，有一群人骑着马，擎着红光闪闪的火把，悄悄向一个人家走近。等着到了竹篱柴门之旁的时候，在狗吠声中，趁着门还未闭，一声喊齐拥而入，让新郎从打麦场上挟起惊呼的新娘打马而回。同来的人则抵挡着新娘的父兄，作个不打不成交的亲家。

印书的字体有许多种：宋体挺秀有如柳字，麻沙体天矫有如欧字，书法体娟秀有如褚字，楷体端方有如颜字。楷体是最常见的了。这里面又分出许多不同的种类来：一种是通行的正方体；还有一种是窄长的楷体，棱角最显；一种是扁短的楷体，浑厚颇有古风。还有写的书：或全体楷体，或半楷体，它们不单看来有一种密切的感觉，并且有时有古代的写本，很足以考证今本的印误，以及文字的假借。

如果在你面前的是一本旧书，则开章第一篇你便将看见许多朱色的印章，有的是雅号，有的是姓名。在这些姓名别号之中，你说不定可以发现古代的收藏家或是名倾一世的文人，那时候你便可以让幻想驰骋于这朱红的方场之中，构成许多缥缈的空中楼阁来。还有那些朱圈，有的圈得豪放，有的圈得森严，你可以就它们的姿态，以及它们的位置，悬想出读这本书的人是一个少年，还是老人；是一个放荡不羁的才子，还是老成持重的儒者。你也能借此揣摩出这主人翁的命运：他的书何以流散到了人间？是子孙不肖，将它舍弃了？是遭兵逃反，被一班庸奴偷窃出了他的藏书楼？还是运气不好，家道中衰，自己将它售卖了，来填偿债务，或是支持家庭？书的旧主人是这样。我呢？我这书的今主人呢？他当时对着雕花的端砚，拿起新发的朱笔，在清淡的炉香气息中，圈点这本他心爱的书，那时候，他是决想不到这本书的未来命运，他自己的未来命运，是个怎样结局的；正如这现在读着这本书的我，不能知道我未来的命运将要如何一般。

更进一层，让我们来想象那作书人的命运：他的悲哀，他的失望，无一不自然地流露在这本书的字里行间。让我们读的时候，时而跟着他啼，时而为他扼腕叹息。要是，不幸上再加上不幸，遇到秦始皇或是董卓，将他一生心血呕成的文章，一把火烧为乌有；或是像《金瓶梅》《红楼梦》《水浒》一般命运，被浅见者标作禁书，那更是多么可惜的事情呵！

天下事真是不如意的多。不讲别的，只说书这件东西，它是再与世无争也没有的了，也都要受这种厄运的摧残。至于那琉璃一般脆弱的美人，白鹤一般兀傲的文士，他们的遭忌更是不言可喻了。试想含意未伸的文人，他们在不得意时，有的采樵，有的放牛，不仅无异于庸人，并且备受家人或主子的轻蔑与凌辱；然而他们天生性格倔强，世俗越对他白眼，他却越有精神。他们有的把柴挑在背后，拿书在手里读；有的骑在牛背上，将书挂在牛角上读；有的在蚊声如雷的夏夜，囊了萤照着书读；有的在寒风冻指的冬夜，拿了书映着雪读。然而时光是不等人的，等到他们学问已成的时候，眼光是早已花了，头发是早已白了，只是在他们的头额上新添加了一些深而长的皱纹。

咳！不如趁着眼睛还清朗，鬓发尚未成霜，多读一读"人生"这本书罢！

干

□ 邹韬奋

南方人说"做"，北方人说"干"。我近来研究所得，觉得最好的莫如干，最不好的莫如不干。这个地方所指的事情，当然是指宗旨纯正的事情，不然做强盗也何尝用不着干。

天下事业的成功是没有底的，人生的寿数是有限的。无论哪一种学业或哪一种专学，决不是可由任何个人所能做到"后无来者"的。但是在某一专业或某一专学，我实际果然干了，能成功多少，便在这种专业或专学进步的成绩上面占一小段。继我努力的同志，便可继续这一小段后面再加上去。这逐渐加上去的小段，他的距离或长或短，换句话说，那一段所表示的成功或大或小，当然要看干的人的材智能力。但最要紧的是要干，倘若常常畏首畏尾而不干，便决无造成那一段的希望。

要养成"干"的精神，先要十分信仰天下事果然干了，无论大小，迟早必有相当的反应或结果，决不会白费工夫的。

有了这个信仰，还要牢记两点：

（一）不怕繁难。愈繁难愈要干，只有干能解决繁难，不干决不能丝毫动摇繁难。

（二）不怕失败，能坚持到底干去，必能成功，就是成功前所经过的失败，也是给我们教训以促进最后成功的速率。就是我个人一生失败，这种教训也能促进继我者最后成功的速率。所以还是要奋勇地干去。若不干，固然遇不着失败，也绝对遇不着成功。